叩门者

孙郁 著

ZHEJIANG UNIVERSITY PRESS
浙江大学出版社
-杭州-

图书在版编目（CIP）数据

叩门者 / 孙郁著. -- 杭州 ： 浙江大学出版社，
2025. 8. -- ISBN 978-7-308-26477-8

Ⅰ. I267

中国国家版本馆CIP数据核字第2025LS9329号

叩门者

孙 郁 著

特约策划	蠹鱼会·夏春锦
责任编辑	罗人智
责任校对	闻晓虹
封面设计	许 悦
出版发行	浙江大学出版社
	（杭州市天目山路148号　邮政编码310007）
	（网址：http://www.zjupress.com）
排　　版	杭州林智广告有限公司
印　　刷	杭州宏雅印刷有限公司
开　　本	880mm×1230mm　1/32
印　　张	7.625
字　　数	158千
版 印 次	2025年8月第1版　2025年8月第1次印刷
书　　号	ISBN 978-7-308-26477-8
定　　价	78.00元

目 录

"以人作笔"

对文学史颇有研究的赵园先生曾说，她平时不太看同行学者的文章，倒是对于画论、诗人随笔更感兴趣。我觉得她的这种感觉，大约是缘于对学院派的失望，缘于无法从书斋学者的表述中受到启示。尼采当年说喜欢读血写的书，也是类似的道理，因为血写的书里有旧的笔墨没有的气象。人们之所以推崇非书斋气的文章，可能是审美中有超常的思维存在，并在一定程度上冒犯了平庸的思维。诗人与画家往往有一种前卫性的东西，他们的书写，带出许多未被体察的生命之悟，超常里有跨越语言的意象在。

我过去翻看诗人冯至的散文集《山水》，觉得比他的诗歌要好，寂寞的词语里流动着大地的血脉，里尔克式的冥想化为了汉语的格式。作者后来写小说《伍子胥》，诗性的流水淹没了一切，好似也读出哲学家的味道来。这种感受，说明诗化文体能给人带来妙趣。记得有一年偶然读到木心纪念兰波的文章，很是意外，那文章直逼法兰西绿丛里的精灵，天地之门打开了。后来才知道木心也是一位诗人，他的随笔就不像一般作家那样有板有眼，跳跃里风情漫漫，杂趣种种。诗人写文章，是不拘一格的，看似随意点笔，漫不经心，整体感是带着韵律的，词语间藏着一些深意。他们在语句里找到避免陈词相遇的方式，以陌生的方式置换汉语的语法。句子与句子，词与词，以翻转的方式重新组合，从而颠覆了世俗性的表达。回想一下巴别尔、博尔赫斯的写作，也是有几分这样的气味的。

绿原先生在晚年，被注意的不是他的诗，而是那些散文与随笔，他的读者数量也是相当可观的。他写人物，叹历史，道世情，一如其诗歌一般是血液的喷吐，心绪是宽广的。我记得诗人写自己的友人胡风、阿垅和路翎，画面中是留着旋律的，而沉入时光深处的幽思，汩汩地流出感知的阀门，处处可感到那思想的爽意。他好像也深受歌德、里尔克的影响，在什么地方也有着批评家的特点，没有幽闭般的自语，章法中是大地江河般的纵横驰骋。与他相似的是牛汉、邵燕祥等，写诗之余，都有不错的文章传世。他们在读书札记类的字里行间，依然做着诗歌里没有做过的词语实验，即建立一种现代性意味的表达格式。所以，读诗人的散文作品，会发现他们对于旧式文章的突围性的风声。

多年前，王家新先生送我一本随笔集《为凤凰找寻栖所》，看上面的文章，都像他的诗歌一般，纯然的感受中多了向流俗挑战的神色。王家新是一个翻译家，也是诗人，他译介的策兰、曼德尔施塔姆、茨维塔耶娃，都是与他自己所处的环境全然不同的人。而思想是从特有的词语里诞生的。翻译这些域外诗人的作品，也是在寻找汉语的另一种空间，所以，那异质的格式也传染给了他。

由此也读出海德格尔以来的哲学妙悟。只是王家新没有向哲学的世界挺进，专心于诗学里的逆俗意识，文章显然是在域外诗论基础上延续的。我自己对于他的散文的印象深于他的诗歌，他写域外访学的随笔、谈策兰的札记，就神灵飞动，将平淡的水面打破了。西川将这类写作看成汉语重新的自我定位，看来许多诗人持的是相近的态度。

年轻时读到荷尔德林谈论希腊哲学的文章，难忘的是这位诗人的哲学感觉。诗人和哲学家有时候思考的是相近的问题，除了形而上的那一面，其实也存在母语自身的更新的实验。高明的哲学家都不用被污染的语言说话，而是从日常里看到人们没有自觉意识到的东西。所以许多诗人最后都不自觉地向着思想史和哲学史里的难点靠近，以陌生化的表达和古人对话。荷尔德林在论《安提戈涅》的时候说："心灵为了至上的觉悟而回避意识，在当下之神真正攫住它之前，以大胆的往往甚至是渎神的言辞对待神，从而保持精神的神圣而生动的可能性。"这已经越过语言，指向了生命与大地间的幽微之所。他的表述，也暗示了有比诗句更为重要的东西的存在。

诗人何向阳有一本随笔集《澡雪春秋》，在体例上是另一种选择。书中讨论的是古文化的几个代表性的人物，写法与一般的诗人笔记又有所不同，诗人腔被抑制了，旧调消失到杂感般的叙事里。或许受到了《且介亭杂文》的启示，作者要弥合的是职业感带来的缝隙。作者以散步的方式，言及古老文脉的几个重要人物，谈儒、道、侠、释等，并不求逻辑性的表述，走笔中追求的是杂

「以人做笔」

文体的交融，力求在顿悟、冥想、诗意中寻觅思想的本然之气。自然，这也是和古人的一种交流，思绪是敞开的。看惯了学院派的表述后，我觉得这种写作不是在追求整体性和系统性，而是在语言的碎片里，折射数种灵光，录下生命体验的瞬间的图示，在品味、凝视、追问中，靠近那些远去的灵魂。史铁生生前写存在与虚无的时候，用的也是诗化的笔法，这些更接近于形而上的高地，在逻辑性的盘诘消失的时候，思想也成了诗。

但是，中国儒、道的文化多流于文字之间，如何行路，怎样创造新式生活，士大夫留下的经验多是单薄的。比言说要灵动的，是人的生活质量的提升，《澡雪春秋》最为推崇的是超越语言的人的行为。即从现实的越格的选择里，达到人的真的境界。这里，还有着比语言更为重要的选择，即"以人作笔"的写作。作者借着对古人的描述，写了这样一段话：

> 对于侠来说，儒、道的述而不作最后走到了它们自己的反面，连篇累牍的著述方式没有继承它起点时不写的精神，"注"的风气很是旺盛，而且在这一文化中重新找到了对这一方式或说是背叛的认同，要不，就是那起源时的不言的方式与立言的内涵相脱节的虚伪性所致；侠却一直是真正意义的书写者姿态，以人作笔的书写，省略了纸墨，跃过了语言……

这道出了语言之外的另一层境界，即生命书写的意义。按照此观点，许多言辞漂亮、带有文章家气质的人，未必比改造社会的实践者更有眼光。想想历史上的钱谦益、周作人，还有大名鼎鼎的海德格尔，词语上造诣非凡，而人格上不免存在缺陷。倒是嵇康、杜甫、拜伦这类人物，在精神上给我们以无形的冲击力。凡是改变人类思想路向的思想者，都是在流行语之外展开自己的思考者。晚清章太炎的非凡之处，大约就在于对"述"的超越。章太炎曾经用庄子的思想解释佛学，那都是感到了言者之虚和虚者难言的一面，说起来是体悟深深的。章太炎的学生中，鲁迅是得老师的要义的，不仅仅是思考者，也是伟大的行动者。逆俗的行动和献身精神，比坐而论道的意义不浅。中国的诗人多矣，我们念念不忘的常常是屈原式的殉道者，他们生命的本身，有着最为亮眼的思想之光，不仅仅创造了表达的奇迹，也显示了生命轨迹的不凡。像他们那样在荆棘中走来走去的人，言之也深，行之亦远，言行如一，确为难得的"以人作笔"的书写者。

2023年8月19日

"偏"能否通于"正"

里尔克一直是被诗人们津津乐道的人物,很长时间,我一直没有弄懂其间的思想之迹。后来偶读冯至谈里尔克的文章,稍有体味,而深者却依然模糊。直到最近看到解志熙自编的《浮世草》,内有与诗人西渡讨论诗学的文字,谈话中涉及里尔克与冯至的地方很多,一些疑团豁然解开。在解志熙看来,最好的诗人是有一种关怀感的,"诗归根到底乃是我们人类作为'关怀的存在'"。作者说这受到了冯至的影响,因为这位诗人"既有对孤独个体之存在困局的深入揭示,又显示出相互关情、相互分担的庄重关怀"。解志熙发现,冯至的好,可能受到了里尔克和雅斯贝尔斯的启发,因为这两人身上没有尼采和海德格尔式的偏执。

我喜欢的诗人有些是偏执的,所以对于解志熙的看法略有一点不同,那些迅猛的诗人之所以诱人,大约也是有所关怀的,只是燃烧得过于猛烈。尼采在《苏鲁支语录》里的话,也是大有情怀的,只是走得过远,我们难以跟上。波德莱尔的诗歌,有幽暗之感,词语会把人拽向神异之地。这些都让读者恍然意识到存在的尴尬，也未必不好。不过，浪漫主义和现代主义的诗歌，确也有过于空幻之处，不能有温润的宽度，解志熙的警惕，也不无道理。

解志熙是研究过冯至的，对于诗人的审美深处的光泽自有会心领悟之处。他觉得冯至《十四行集》是好的作品，没有一般诗人滥情的东西。在解志熙眼里，冯至是正常的诗人，喜欢"思量"而非激烈之想。正常，就要舍弃些什么，《十四行集》在起伏的情感体验里，也因了自我的克制丢掉了什么。我的印象里，他是善于从不同思想者和诗人的智慧中借取力量的人，歌德、里尔克、杜甫、鲁迅都是他心仪的人。其中歌德对于他的影响不可小视。歌德有激情万种的时候，但也有沉静、冷思的状态，冯至称他"一生不是直线的，而是轮转的"，有一个"更高的力的意志"。在孤独、苦楚之外，还有着望道的充实。所以诗人在片面的深刻之余，当注意精神的平衡。这大概也影响了冯至的诗，注意对于自我感情的理性化的表达，除了心灵感应的涂抹，还不乏学识的渗透。这就远离了波德莱尔式的主我和反雅化的审美。辞章不是阴郁的，而是中正地立在那里。他摄取了鲁迅的忧愤，杜甫的情怀，而包容性方面则来自歌德和里尔克。他在《里尔克——为十周年祭日作》引用了《布里格随笔》的片段，表示诗人的使命不是沉浸在自己的世界而不能拔身，而是关注世间广大的人们，无边的海洋和异乡的路途，不同人等都该是凝视的对象。这很像托尔斯泰的忧患和雨果的慈悲。冯至感到，能够脱离小我的世界而融入更为广阔的空间，其实是极为重要的。

冯至许多作品都有质感，我自己印象最深的是小说《伍子胥》。这是一篇与众不同的作品，既无什么情节，也没有更多的人物，叙述的逻辑也是简单的。不过作者却以诗一般的画面，表达生命体验中的那些悲怆、慷慨之意。置身于战争年代，对于远古的血腥之气，复仇之士的理解，突然立体化了。小说没有写伍子胥复仇的场景，而是述其离开楚国，在外流浪的所遇所感。对于家国、人性、信仰与承担的体味，纠缠着许多光影。在这里，儒生的内敛之态消失了，天地之间初始的元气多了，生命未曾被帝王意识污染的灵动感，植根于大地的生命意识的纯美之态，向四处蔓延着。伍子胥一路走来，遇到了许多陌生之人，那里也不乏山林间的素朴者、高贵者。楚狂、渔夫、浣衣女，都让主人公心灵一动，在他们身上读出人间的本色。于战乱频仍的年月，保持一种纯净的心，多么难得。复仇者也从其间，忽地明白自己的精神要填补的东西是什么，要走的路该在什么地方。

《伍子胥》要表达的，已经超出了复仇性的话题，说它带着诗人的哲思也并非不对。现代德国哲学的追问感和悖谬感，不经意间造成阅读的张力。不是布道，而是体悟，靠着对于存在的感知，去呈现心灵深处的波动。冯至说，这作品受到了里尔克《旗手里尔克的爱与死之歌》的影响，"在我那时是一个意外的、奇异的得获。色彩的绚烂，音调的和谐，从头至尾被一种忧郁而神秘的情调支配着，像一阵深山中的骤雨，又像一片秋夜里的铁马风声"。他坦言，真正写此作品时，"掺入许多琐事，反映出一些现代人的，尤其是近年来中国人的痛苦。这样，两千年前的一段逃亡故事变成一个含有现代色彩的'奥德赛'了"。

从里尔克到冯至，可以看出审美的一条线索的波动。诗人们对此可能更为敏感。西渡在与解志熙的对话里，是从创作论层面而非知识论层面考虑问题，比如他把诗人分为植物性的深植者和动物性的漫游者两大类。前者与里尔克不同，是深扎在大地的，在微小之处体验深广的世界的神奇之影，陶渊明与狄金森、冯至属于此类。这种划分，也是颇为启示人们对于艺术存在多样性的理解。西渡与解志熙不同的地方是，对于现代主义诗歌欣赏的地方很多，比如他不赞成里尔克的某些生活方式，反而认为艾略特、卡夫卡、史蒂文斯更让人亲近。这里看得出人们对于诗歌写作的态度和走向的不同印象。看两人的对话，也使我想起冯至作品的意象，在我看来，他本拥有很好的天资，植物性的本色，未能持续下来。这可能是在多种思想遗产与多种生活形态之间，一直寻找一种表达的平衡所致。比如《伍子胥》就拥有一种幽深而神秘的气息。我们领略了作者的善意和悲楚之后，意外之思迟迟没有等来，什么原因呢，我也不知道。不过，解志熙似乎很欣赏这种状态，认为冯至的写作呈现了一种健康之色，是"关怀的诗学"的始祖。解志熙对西渡这样说：

> 的确，孔孟等先贤都非常关怀个人之仁勇和人间之仁道。我之所以称里尔克的关怀诗学是蔼然仁者之言，即有鉴于他暗合了仁美交融的中国古典人文主义诗学传统也。

　　我个人觉得，解志熙是从文德的高度思考诗学问题，而非西渡那样以个人的角度看待创作。前者求精，避免片面，而后者不免走在奇险之径。问题在于是否拥有生命的体验所展示的精神之光，回想一下，思想解放也有赖于非循规蹈矩之士，波德莱尔与兰波也不是没有开启的意义。于是偏执能否趋于雅正就成为一个追问。回答这个追问有一些难，不好立下结论。但这种追问对于我来说，深化了对于里尔克的认识，也意识到冯至何以没有走上鲁迅那样的路。作为一个学人，冯至提供的参照甚多，健康朗照的一面似乎也传染给了解志熙，解氏的现代文学与古代文学研究中的儒雅、高古之气，便是证明。"关怀的诗学"考虑的是兼顾多元思想，偏执的写作有时一意孤行。如何面对这些不同遗产呢？解志熙与西渡反复讨论，最后的结论是二者不能互为代替，可谓是客观之论。联想起钱锺书在对比李贺与波德莱尔时说的话，"独立与偶合遂同时并作，相反相成"，也是对于"偏"能否通于"正"的体味。这个话题不断地打开，实在也会有精彩之处的。

2023年11月27日

尺牍之热

    民国学者的尺牍现在热起来了，最受青睐的大约是《新青年》同人的遗墨，它们成了一些收藏者寻觅的对象。文物界向来有公藏与私藏之说，二者近些年都很活跃，诸多鲜见的藏品渐渐走进人们的视野，一时成为话题。我过去在博物馆系统工作，接触最多的是周氏兄弟的遗稿，偶然遇见钱玄同、胡适、刘半农的旧物，受益的地方都很多。那时候也很留意其他新文人的遗迹，但苦于没有门径。一些私藏秘而不宣，交流的机会有限，也抑制了学术研究。民国的知识人，旧学的基础好，又多是翻译家，词语被域外思潮冲洗过，交叉着古今之音。这些人的行迹，得之不易，这也从另一方面说明，从文物角度来研究文化史，比从文本到文本来思考问题，要增加一定的难度。

    自从许广平先生将鲁迅遗物捐给国家，五四时期思想者的手稿有了真正意义上的公藏。鲁迅藏品中也能够看到章太炎、胡适、周作人、许寿裳的手迹，看得出清末民初一些文化旧影。此后各大博物馆也开始重视民初的资料搜集整理工作，许多文物有了流通的渠道。大约2003年，新文化运动纪念馆从钱玄同家人那里征集到了一批文物，共计两千四百八十五件，诸多珍贵的资料得以面世，让世人看见了《新青年》同人多彩的一面。也是在那个时期，江小蕙先生向鲁迅博物馆捐出父亲江绍原的藏品，内中包含鲁迅、胡适、周作人、蔡元培、林语堂、郑振铎、郭沫若等二十人的一百五十九通信。博物馆将其编辑出来，问世后引起了学界的注意。书中有江小蕙写的研究心得，历史的细节变成了活的风景。不过，在多年的文物征集中，很少见到陈独秀、李大钊的旧物，这是一个大的遗憾。研究那个时期的文物文献，没有这两位前辈的资料，就缺少了整体性。而寻找工作，多年来一直没有停止过。

2009年春，从美国转来一批胡适藏品，主要是陈独秀与梁启超的尺牍。受有关部门委托，我参加了这批文物的鉴定工作。记得地点是在北大的塞克勒考古与艺术博物馆，到场的人都有一点兴奋，如此多的陈独秀遗物，让在场人士大饱眼福。这些胡适保存的珍品，字迹的美不必说，就思想内容的丰富而言，非一两篇文章可以说清。这些资料牵扯出新文化史上的重要事件，也透出彼时文化的风气。有趣的是，胡适的这些藏品后来均被中国人民大学博物馆收藏。我自己也亲历了拍卖、转手和入藏的过程。

陈独秀的遗墨，在世间留下的很少。据我所知，除了周作人保存了一点，台北的台静农也有一些，北京的方继孝藏有陈氏《甲戌随笔》原稿，余者见之不多。由此看来，这批新收藏的陈独秀墨迹，显得十分难得。陈氏的字灵动而飘逸，精熟至极，古风习习中，难掩冲荡之气。他与友人谈翻译，讲国故，说文风，都透出不凡情怀。陈独秀是新文化运动领袖，也是共产党创始人之一，他何以左转，与同人交往的方式怎样，于此皆可看出线索来。

胡适收藏的文献远不止这些，后来嘉德拍卖公司拍卖的另一部分藏品，内容也十分特别，不久均被香港的翰墨轩收藏。这些本是同时期的文献，与中国人民大学博物馆的藏品放在一起，就有了完整的感觉。翰墨轩收藏的文物，最难得是李大钊写给胡适的十页信，其温和的笔触和毅然的态度，有教科书里难见的风采。李大钊去世过早，文字多散失了，他在新文化运动中起到的作用，自有其特别之处。鲁迅对他与陈独秀的印象都很好，虽然彼此交流有限，可总有些相通的地方。《新青年》同人在对传统的看法与新文学的态度上，没有多少分歧，但如何面对现实，知识人走怎样的道路，就思路有别了。这些都影响了后来风气的转变，细细思量，连当事人自己，也未必预料到那选择对于后来的震动之大。

《新青年》同人内部的分歧，不像后人想象的那么剧烈，同样，他们与保守学人的关系，也非有些教科书写的那么紧张。论辩是有的，但私下的交往，有时甚至有点热烈。梁启超与胡适的通信，就别有滋味，他与朋友谈诗的口吻，全无隔膜之感。关于时局的认识，能够和而不同。新文化人的文章观念和审美趣味，有些是以超越梁启超为起点的，但在学问上彼此也有交叉的地方。如陈独秀、鲁迅和梁启超一样，都欣赏墨子，从墨学中得趣多多，而反思国民性格，词语都很接近。梁启超虽然不满意胡适的学术观，但在关于旧诗写作方面，多有沟通。这是学术史中的趣事，对于了解彼时学界风气，都有补充作用。

中国人民大学博物馆与香港翰墨轩所藏的胡适藏品终于编辑成集了，分散于南北的文物聚在一起，十分难得。在张丁等先生的努力下，这些资料为读者提供了阅览与研究的方便。收藏文献的目的是保持原貌，而全彩影印出版则有流布世间的善意。公藏与私藏，完全可以相得益彰，这是有趣的合作，背后的故事，说起来也值得感怀。有薪火的传递者在，精神的热度是不会消失的。

看百年前人的文字，有时感到词语背后陌生的逻辑，表达中交织着复杂的背景，政治元素与审美元素彼此纠葛，能够觉得有六朝的气韵袭来，那直面社会的目光，力透俗界。而有时候面对彼时思想者的尺牍，深感于他们的率真与有趣，这是我们在旧式士大夫的笔墨中不易见到的。年轻的时候看前人的东西，思之甚少，待到过了中老年开始整理相关文献时，才知道要弄清其间的来龙去脉，需做许多功课。然而代际隔膜，有时也影响了判断，走进前人世界，不像想象的那么容易。

前些年，我与朋友策划过一些作家手稿展，就笔墨功夫而言，清末民初那代人的修养，最为难得。像章太炎、马一浮、陈独秀、李大钊、周氏兄弟，都各臻其妙，他们的字好，源于学问之深。我曾经在张中行先生书房看过许多老北大学人的墨迹，阅之如沐春风，内中当可感到文化演进的波澜。我猜想，张先生的文章，有的灵感来自这些尺牍也说不定，好像辞章于此沐浴过，也染有了某些浑厚之气。读字也是读人，展卷揣摩之间，觉与识，神与趣均在，说起来，也是进入历史的方式。世人喜欢收藏五四那代人的尺牍，原因各异，但迷恋于旧岁的思想之光，大致是相似的。

2021年3月19日

多师是吾师

国故在今天日益受到重视了。了解学界的人都会发现，现在的学者与先前的学人有许多差异，主要是述学的语态发生了大的变化，音韵训诂的能力弱化。我们这一代人读书有限，1977年恢复高考后，才有机会受到一点系统训练。那时候老一代学者还在，但要达到他们的境界是难的。不过经过几代人的努力，有些断裂的文脉还是接续了下来，这里的故事，现在的年轻人已不太清楚了。

曾经看过程千帆先生弟子的文章，言及老师的治学之风，有许多珍贵的片段。驻足旧学，要有许多精神准备，审美能力与思考能力得兼者，往往会有所进步。民国以来，学界是有不同流派的，这些流派后来分散在各个角落，章黄学派，王国维遗风，胡适模式，在一些人那里都可看到一二。我自己研究现代文学，对于国故研究领域知之甚少，不过每每有类似介绍文章出现，还是要看的。因为学界纯正的古风，是要到这个领域去寻的。

年轻时因为读朱希祖、许寿裳等人回忆章太炎的文章，才知道民国学术与晚清思想之关系，其间的学术承传，都耐人寻味。这样的书是了解学术史的向导，意义不可小视。章太炎那样高深的学问，现在难有人理解，不是专家，进入其门自然困难。前不久读到刘跃进《从师记》，写到民国学问家对他本人的影响，颇多感慨。刘跃进的经历比较特别，见过的名师很多，他自己师从罗宗强、叶嘉莹、姜亮夫、曹道衡等先生，对于不同风格的学术文脉，都有涉猎。比如经由姜亮夫先生而体味到清华学派的风气，对王国维、陈寅恪、赵元任有着特殊的感受。从罗宗强、叶嘉莹那里，理解了南开学术的品格，由此也看出民国京派学术的遗风。这些对于今人都不无意义。重要的是，他在随曹道衡先生读书后，汇入文学研究所的队伍，领略过钱锺书、俞平伯、魏隐儒、唐弢等人的风采。在此场域被熏陶过的人，一定会有不少收益。一般人不会有转益多师的机会，领略了不同风景的人，知道山水的滋味。写学术史的人，如有这样的体验，笔下的世界总是多一些景色的。

老一代学人的品格与才学，积淀了千百年的学术基因，可借鉴的地方很多。《从师记》所写的人与事，都是特定时期的波光，牵扯到历史与时代之间复杂的联系。从民国到新中国，学术发生了很大的变化。其中也有旧的遗存的闪耀，虽然仅是斑斑点点，但是一旦摄取一二，就总会被注入了活力一般，获得与古人对话的通道。了解过去，仅仅在今天的语境里是有问题的，前人是懂得一些辞章之道的，像浦江清的述学逻辑，王力的寻路眼光，都是深浸在书海里的功夫所致。后人追踪这些旧影，既可得古风里的味道，又能有跋涉的内力。文化的传递，有许多是这样进行的。

我与刘跃进是同龄人，但他比我幸运，所见所得都比我要多。从师的过程，也是悟道的过程。关于治学方法，就有许多心得，比如从文献开始建立文学观念，这是学者必备的本领。而对于不同历史时期的文学作品与思想风潮，不是简单化的描述，而是像前人所说的"了解之同情"。刘跃进从文学规律入手思考学术问题，一些观点都是有刻骨的体味才生成的。比如，看文学的质量，首要作用是要给人带来美感，教育作用还在其次。这是他教学与研究中的收获，所以在后来的工作中，对于不同流派，他都能够坦然对之，有一个开放的视野。能够包容各类传统，与前人的启发也不无关系。

代际沟通，渠道不同，方法各异，但细细想来，都值得品味。有的前辈学者与青年交流，不太正襟危坐。牟宗三回忆与熊十力读书，难忘的不是课堂上的情形，而是在家里的对谈。当面闲聊中传授学识，亲切中又带生命温度，这与古人在私塾里吟诵诗文，很有点像的。另一类学者，是习惯于在课堂上与学生交流的，但因为学识深厚，举重若轻，也有很好的效应。叶嘉莹谈顾随的授课方式，就很传神。顾先生的谈锋和声音里的美学，总能让人有被冲刷的感觉，思想与诗意就那么自如地流淌出来。叶嘉莹说顾随的授课"飞扬变化，一片神行"，真的让人思之欲往，以不得见为憾。

我们常人学习古典文学，多从书本中得其妙处，能够从老一代学者言传身教中领略风采，已经大不容易。不同的老师，风格有别，同样一个话题，表述也千差万别。从师者，如果遇见超然之人，那心得一定也是特别的。我年轻时在沈阳听过王瑶先生的几次演讲，就很新奇。现代文学在他那里，如数家珍，但又并不以神秘之语道其原委，而是用幽默之调笑看作家得失。遂觉得有一点六朝之韵，而五四作家的六朝气大约也有类似的意味。于是也感到，文学与人生密不可分，真的学人，是能在别人的世界里也发现自我的。

谈及文学研究，社会科学院文学研究所，是不能不驻足的地方。我自己就接触了此间的许多前辈。限于专业，能够看到的也只是片段，但已经感到那里景象的不凡。《从师记》道出了此间的众多人物，细细品读，都很有趣。钱锺书、杨绛、卞之琳、冯至、唐弢，都是可以深谈的人物。他们的历史都布满风雨，他们的学识又好，至今被读者所记。文学所的前辈们，文字都很灵动，冯至、何其芳、唐弢以及后来的赵园、扬之水，都是文章家。他们的文风是不同于学院派的，他们既能创作，又懂研究，在多方面启示了后人。这些人的研究是跨界的，心绪并不被外物所累，精神是旷达的时候居多。这种风气，在年轻一代也有所延伸。去年读过陈福民《北纬四十度》，史学与文学相间，田野调查与文本分析互动，一时读者甚众。这也是转益多师者才有的气象，要达到此种境界并不容易。

如果一种辞章风格在不同年龄段中流行，说明它已经有了流派特征。古之江西诗派、桐城派都是这样吧。但对于近七十年来的学术史，我们梳理得不够。有人说古风不存，流派亦稀。但我们看《从师记》，还是能够感受到多致的风气在的。学术风气与诗文风气一样，以个性彰显为要，作出成绩也并不容易。追忆远去旧岁里的人与事，能够感到流风里缺少了什么，增多了什么。我有时候读叶嘉莹先生的书，便感慨她把握了顾随的某些精华，也有一丝王国维的影子，身上有多种学术的脉络。从师者，不论是直接师承的，还是私淑的，凡有成绩者，无不摄取了多种的精神要义。多师是吾师，我们的成长，都离不开前辈的影响，这样的题目，写起来都大有深意。

2022年6月26日

可以驻足的地方

有一年去南京大学开会，顺便去看校史的展览，知道了许多过去不甚了解的人与事。胡小石、汪辟疆、程千帆、陈瘦竹等，都是在学术史上留下重要痕迹的人。他们的学识，我懂得不多，也由此多了一点好奇心。金陵一带向来多才子，学识丰厚的人一时难以道尽。看那里的人文沿革，可驻足流连的地方，往往是有奇气在的。六朝以来的遗风，并未在近代都消失。

我自己接触过几位南大的老学者，对他们的印象都很深。他们与北京的学者有不同的地方。一所学校如果曾经群英集聚，自然会形成一种传统，守住遗风的人也就显得十分可贵。我们所说的文脉，其实是由一个群体完成的。在南京多次见过董健先生，他是研究戏剧的，人很爽快。和许多老先生一样，他是没有被时风浸染的人，谈吐里有愤世嫉俗的感觉，言及文学史，并不人云亦云。他和陈瘦竹、陈白尘等先生，构成了南京大学戏剧研究的奇观，对于国内同行的影响力，至今还能够感受到。

后来读到丁帆先生的《先生素描》，才对这所学校的前辈学人，有了更为清晰的认识。这一本书涉及南大的多位先生，有血有肉，音容可触，他们生命中的一些片段，说起来都是新"世说"的材料。顺着这些线索，也仿佛闻到这些人的气味，古风中也有现代感。作者笔下的时光，留在那些不被注意的细节里，老一代人的风格与气节，也被写活了。

丁帆是有作家气质的学者，对于文事与人事，颇为敏感，文字是有棱角的。他所述的往事里，留有学术史的枝叶，他对前辈学者的心迹，了然于心，他笔下几个教授的形象，也渗透着作者的感情。比如叶子铭、许志英的晚年之态，就跃然纸上，他们的学术追求和生死观，都与常人有些区别。叶子铭先生是丁帆的恩师，他们彼此的性格不同，作者欣赏他的为人，也从其形迹中悟出了许多书本里没有的蕴意。那代人经历的风雨，也影响了学术的眼光，丁帆看到了时代之力对知识界的冲击，学术与人生，都在一条不寻常的路上。作者写许志英，许多话题是凝重的，先生的悲欣，就蕴含着复杂的人生况味。我曾经多次见过许志英先生，印象甚深，他一生的执着和决然，说起来颇带奇韵，不管是顺与逆，都异常清醒。丁帆在这位前辈的思想里，感到了知识人焦虑的深因。许先生在做系主任时"无为而治"的理念，其背后的滋味，至今都值得回味。

南京学界，常可感到耿介之气的流溢。我印象里的丁帆就有一点傲骨，对江湖上的陋俗不以为然。他有一点北人的样子，与人交流毫不掩饰自己的好恶，话语中泾渭分明。看他写乡土文学研究的文章，身上也带着民间原生态的苍茫，而那些触及启蒙的言论，背后是大的忧思的流转。现代文学研究者往往有一个特点，所研究的对象与自己的信念有吻合的地方，从文本与风潮的凝视中，也不自觉有了自己的价值取舍。所以那文字既远离唯美主义，也非虚无主义的遁逸。对于学科中某些思想的寻找，其实也是对于自己的信念的坚守。从丁帆的选择中，可以看出为学之道与信仰之道间的缠绕性的关系。

这一点倒使他在一些地方延续了五四的遗风，对于陈独秀、鲁迅的好感，也丰富了他自己的文字的能指。记得钱理群先生写过几代学人的故事，注重的也是学人的道德文章。在他笔下，鲁迅之后，是有一个未曾中断的传统的，但这个传统并不是都在主流的话语中。不过，新文学研究者，与这个传统是最近的，许多人意识到，自己的一切，都是在一种精神的延长线上的。钱理群写王瑶、李何林、钱谷融等，记录了诸多精神的瞬间，以为五四之子，真的改变了后来的文化流脉。丁帆与钱理群，内心有许多一致的地方，他写前辈人的形象，更注重性格的描述和悲苦意识的呈现，爱智之外，还有生死意识。比如写到邹恬先生，就笔带苍凉，他与世告别的方式，让人"在无言中肃立"。《先生素描》还写了几个奇人，比如描写陈白尘的地方，就有出奇之笔，他说陈氏"一生着力于喜剧创作，却在散文创作中给自己的生活留下了悲剧的表达空间"，就既是一个审美话题，也是一个生命哲学话题。丁帆与陈白尘大概有一点相似，即都常带"悲悯长啸"的气韵。读书之乐有时不如读人之乐，书与人之间，能衍生的话题，是超出我们的日常感受的。

南京大学程千帆先生，学问之道与为人之道，也被丁帆称道不已。程先生的学问独步学林，文章没有一般古代文学研究者的老气，体式从唐人那里来，却也有当下感，沉郁的笔触中也不乏狂傲之色。手里有一本他的诗文集，读后发现，先生也是浩气藏身的。年轻时，他在《醉后与人辩斗长街，戏记以诗》中云："长醒不能狂，大醉乃有我。街东穿街西，蓝衫飘婀娜。螳臂竟挡车，决眦忽冒火。老拳挥一怒，群儿噪么么。"这大有太白之风，率真的一面栩栩如生。而后来与友人唱和中，六朝人的气味也常常出来，比如《重禹寄示绀弩二集，因题其端》言及聂绀弩，就有这样的句子："绀弩霜下杰，几为刀下鬼。头皮或断送，作诗终不悔。"他与这位狂士的内心颇多感应，心绪是接近的。他与朱自清、周策纵、杨公骥等多有交往，彼此的爱憎都自如流出，绝无小家之调。这种心与心的真挚交流，在知识界最为难得。丁帆对于程先生的本色，佩服得很，他写道：

> 程千老绝不是那种躲进书斋成一统的"鸵鸟型"学者，他是有"铁肩"担当的人，是"东林党"那样的书生，是有"金刚怒目"一面的"真的猛士"，正如其开门博士弟子莫砺锋所言："程先生在日常生活中显得恂恂如也，相当的平易近人，可是其内心却是刚强不可犯的。"也许，这正是先生屡屡在运动中被批的根源所在，然而，先生的性格则是终身如一，刚直不阿，风骨永存。

　　我也很喜欢程千帆先生的诗文，民国那代学人的气质是有的。他其实并非书斋中的迂腐之人，与当代学者有不同的交往，总有一些灼见。记得朱正先生一本研究当代思潮的书出版后，他就说，这本书是以汉学方式治宋学，一语中的。他和林庚、舒芜等人的交流，都是文坛佳话，思想里有很强的忧患意识。其学术品格，对于后来学者影响很大。南京大学古代文学重镇的出现，先生功莫大焉。读罢《先生素描》，觉得这才是南大文学院里珍贵的遗存，无论是为学，还是为师，这样的人都是稀缺的。程千帆先生对于新文学的要义是熟悉的，故治国学而每每不忘五四精神和章黄学派的批判意识，这是他浸于古又出于古的独特处，其中现实情怀更让人感动。一个有信仰的人，在治学中会恪守一种精神，也因了这种精神，就不会在空中飘来飘去，而像一棵大树，深扎在大地上，后人在望道的途中，也因之有了可以驻足的地方。

2023年8月20日于辽南

游戏之于思想

二十多年前，我与徐城北先生去日本访问，经靳飞先生安排，我们在东京作了几次演讲。我介绍鲁迅，徐先生讲梅兰芳。我每次谈及鲁迅，徐先生都在摇头，不太认可鲁迅的审美意识。我在台上讲，他偶尔在台下回应，质疑我的一些想法。我们虽然私下关系很好，但在对现代文化的认识上，有不小的差异。我这才感到，许多欣赏梅兰芳的人，并不亲近鲁迅。在十多天的日子里，我对于梅兰芳倒是了解了许多，但鲁迅那些遗风，似乎没有进入徐城北的世界里。他拒绝对五四一些作家的凝视，在他看来，新文化人对于传统的批评，尤其对于京剧的态度，是有点文化上的虚无主义的。

此后多年，我开始留意戏剧研究的动态，看了不少梨园的文献，才发现许多话题是值得深入对话的。我们外行看梨园，内中的经纬不易弄清，不免讲一些隔膜的话。百年来，关于京剧的著述已经汗牛充栋，这些讨论者有两类，一类属于业内的专家，比如齐如山的著述，说了许多梨园知识，乃不可多得的珍品。翁偶虹的夫子自道，也都是难得的文献，至今还被人喜爱。天底下钟情于旧戏的人，不都是思想的浸染，也有迷恋其间形式的，说起来颇有意思。另一类论及京剧的，属于文化批判类的学者，比如鲁迅、胡适、钱玄同等，他们在推进新文学的过程中，对于旧的遗存多有微词，目的是拓出新路。这两者互动的时候有限，前者钟情于艺术审美，精神温和的居多，后者属于批判审美，外在于梨园的大的文化视野，所以两者在不同的路径上，思考问题的出发点是有别的。今人看这两种知识人的文章，常常看到对立和冲突，这是不错的，但细细看来，情况也颇为复杂。五四之后，新旧之间的生态变化，也非今人想象的那么简单。

陈独秀、胡适发起的新文化运动，要清除艺术思想里的主奴元素，提出戏剧改良，有着寻找新路的渴念。新文化人从个人主义和现实主义理念出发讨论旧戏，看到的是思想的冷热，但京剧的内在丰富性被怠慢也是一个问题。近年戏剧界对此的反省，也有矫枉过正的一面，而以批评鲁迅为代表的新文化人，在梨园界常可见到。但从理论的层面解释旧戏的审美精神何以引起新文化人的不满，似乎讲得并不透彻。最近郭宝昌、陶庆梅的新书《了不起的游戏：京剧究竟好在哪儿》，就在梳理京剧的审美特点、回答五四以来知识界对于旧的戏剧的质疑方面，有许多经验之谈。作者坦言，京剧的重要意味在于有超现实的东西——游戏性，在狭义的审美中可能看不到它的价值。郭宝昌说：

　　京剧是一种程式的艺术。这大家都知道。但我想追问的是，为什么京剧会形成这样的程式？如果我们这么追问，就会发现，京剧程式涵盖了古代生活形态的全部，只是，它是以游戏手段呈现出的人生之美，以超高视角来俯瞰人生百态，这，就是京剧的游戏规则。

用游戏的概念来看京剧艺术的特色，令人想起康德的思想，某些地方也是呼应了这位德国哲学家的观点。在《判断力批判》中，康德认为艺术因为非功利而产生愉悦，艺术因了"无概念而有普遍性"。在不同的表现形式里，美的灵光要比确切的概念更有广远性，所以尽管批判美学无情质疑过各类文本，但非功利的美，也非新的观念的艺术可以代替。这种看法周作人与朱光潜都很认可。京派的主要审美理念，与康德的思想不无关联。一些学者对于旧京的艺术遗产的迷恋，都可以看出审美的核心点。郭宝昌受到了西方美学精神的影响是显然的，他将京剧的魅力解释为是"中国审美的超越性原则"在起作用。以此为标尺衡量古代诗词与文章，也不无这个特点，可以说点到了东方艺术的穴位。不过我疑心这个超越性原则背后也有许多限度，仅仅在梨园的经验里看五四新文化人的观点，也未必都体味到内中的本质。新旧问题背后的艺术想象与创造，有时候是可以互为借鉴的。

京剧到了民初的时候，一方面风头正劲，另一方面也遇到新文化的冲击。最初只是少数精英在文章里讽刺过梨园旧习，并不被大众注意，但后来新文化运动影响日隆，旧戏被青年诟病的时候增多，文化生态就有了一些变化。新文化人眼里有别一参照，在审美方式上多有西洋诗学的影子，一时遮蔽了传统的某些遗存，也是自然的。倘从美学领域来看，古老的艺术美学遭遇了新的思潮，情况就发生了变化。据靳飞的研究，民国时期京剧的发展，也是受到新文学的影响的。齐如山为梅兰芳写的剧本，就带有西洋歌剧的元素。这些都是慢慢的改变，不易被人看到。倘不发现京剧自身也在变革中进化，以为它是凝固的艺术，也是不得要领的。

当艺术美学遇到批判美学的时候，纯粹的审美静观无法说服倾斜的诗学理念，尼采当年对瓦格纳的批评，可能也缘于此。在尼采眼里，那些高贵和圆满的戏剧，对于精神解放并无帮助，因为思想的眼睛被什么蒙住了。鲁迅对京剧艺术体现的美学的不满，多少带有这类因素。京剧无论表现怎样曲折的故事，都存在着一种均衡感，用靳飞的话说，它在根本层面上从属于儒教伦理。因为教化让人在出走后还要回来，团圆才是一种美满。

新文化运动初期，胡适等人翻译的易卜生戏剧，对青年的冲击不可小视。鲁迅对该剧的翻译，颇为看重，说了许多感慨的话，由此引发的对于旧剧的思考一时震动了学界。易卜生戏剧给国人的印象一是写实的力量，将生活里隐秘的存在托出，让人有彻骨的体味。二是打破了平衡感，确立了个人主义精神。胡适曾肯定尼采式的精神，要做偶像的破坏者。他自己的气质虽然与尼采相去甚远，但就思想方式而言，尼采与易卜生都给了他不小的启示。他的审美思想与传统戏剧的距离，是一下子可以看出来的。传统戏剧让人有悠然的欣赏感受，而现代艺术则显示存在的无序，并引人到思索的险径上去。因此，写实的艺术不是对观众的催眠，而是精神的冒险。引人到惊涛骇浪中去，于是也打开了思想之门。

对比起来，京剧艺术更多带给人们的是一种和谐之美。古代艺术家已经懂得舞台表演的阴阳互补，他们与观众属于亲和的关系。郭宝昌认为观众的叫好，构成了一种有意味的互动，这种互动使表演者与观众完成了一种思想的达成。像《赵氏孤儿》《四郎探母》因了人性的因素而征服观众，那是有国人精神美德的。难怪像徐志摩这样很西化的诗人也沉浸于青衣表演的旋律中，因为那里也有唯美的色调让他着迷。他的那句"透露内裹的青篁，又为我洗净/障眼的盲翳，重见宇宙间的欢欣"（《多谢天！我的心又一度的跳荡》），与其说是新诗的表达，不如说是旧舞台的一种吟哦。只是这一层，人们没有挑明而已。

但是鲁迅的审美理念就与之完全不同，他不是亲和观众、寻找彼此的平衡，相反，而是冒犯观众，以残酷的拷问撕裂视觉的帷幕，告诉人们一个荒唐的存在。鲁迅笔下的世界是灰暗和沉重的，他不仅不讨好生活，也不讨好读者。他欣赏的是大漠惊沙、深渊里的死火，以及无路之途的孤魂野鬼，但在绝望里依然有精神的热力。在京剧里，人物是类型化的，故事再曲折，结局也以大团圆为主。而在鲁迅、郁达夫等作家那里，人性有复杂的图景，不能以脸谱的方式简单为之。所以，我们在这些新文学家那里，看到了反本质主义的忧虑和个体意识的韧性。他们偶尔讥讽旧戏，并非哗众取宠的随意表演，其实是思想本色的流露。

远古的戏剧是什么样子，我们不太知道。但看《诗经》与

《楚辞》里的句子，最初的舞者与歌者，对思想的看重总要多于对形式的。当一种艺术表达被不断重复的时候，游戏意味就自然出来了，表演者与欣赏者都有不小的快乐。我小时候发现一些老人坐在剧院里，不是看戏，而是闭目聆听。寻的是一种感觉。倘音调不对，便会蹙眉睁眼，不满起来。至于思想的意义，似乎都忘记了大半的。《徐策跑城》《时迁盗甲》，就是高级的游戏，在紧张的氛围里，有了对形体和调子的把玩，思想与审美都契合无隙，观众是买账的。在这种意义上说京剧有游戏的一面，是不错的。梅兰芳缓缓的身段，曼妙的舞姿，都很美丽。由此易想起中国绘画与诗歌里的空灵，彼此是在更高的层面有一个共同的东西。

《新青年》同人在讨论艺术问题时，更注重思想性的存在，审美的根本点其实与思想的走向有关。陈独秀在《现代欧洲文艺史谭》里描述易卜生与托尔斯泰，是从思想入手的，形式还在其次。他在一些文章中议论欧洲戏剧，都是以思想性为第一要义的，形式方面则思之甚少。刘半农的《诗与小说精神上之革新》，在引介域外小说家的理论时，把艺术当成思想的神圣之物，而非游戏之作。周氏兄弟翻译域外小说与文学理论的著述，重视的也是思想性的部分。文学不是闲书，是要改良社会的。这些看法，在初期白话文作家那里是一致的，在他们眼里，古老的戏剧，有时候显得过于轻松了。

与市井里流行的京剧相比，新生的白话文有点生猛和先锋气，没有前者的老到、成熟之调，没有参透生命的圆滑和机智。而新文学则纠缠着什么，写出现实的紧张与无奈。新文学是写实的居多，京剧则有着无所不在的象征色彩。日本作家芥川龙之介在《中国游记》中写到他对京剧的印象，觉得舞台上下过于吵闹，人物也是脸谱化的，演员动作颇多。但他也承认"在此种离写实主义稍有距离的约定俗成的艺术世界里，甚至可以发现存在着出人意料的美"。芥川龙之介没有详细分析那美的原因在哪，可是嗅出古老的戏剧非同寻常的一面，也是客观的态度。我们从鲁迅翻译的芥川龙之介的小说作品中可以看出，他的审美与中国戏剧是完全不同的。其作品的隐喻更有现代意味，鲁迅那代人看重芥川龙之介这样的域外作家，冷嘲旧的艺术形态，不是没有原因的。

但无论中国还是日本，古老艺术与现代艺术都各自有着存在的理由，共生共荣才是理想的状态。五四后，一些激进的文人心平气和地面对京剧与昆曲时，态度渐渐客观起来。我们看曹聚仁、田汉、黄源这些新文化人与梨园的关系，就觉得是融入传统的人，且以自己的激情，激活了古老的艺术。当真的沉浸在京剧与昆曲中时，他们的审美理念反而显得更为宽容。因为那艺术的有意味的形式，至今还有着诱人的一面。许多小说家与剧作家，都从中得到不少的灵感。

齐如山描述京剧的特点，总结为舞蹈化、美术化、如意化、通俗化等，但细细想来，都没有"游戏说"简单明了。京剧的游戏性表现在方方面面，郭宝昌列举的几条，分析得入微入里。他认为用斯坦尼斯拉夫斯基和布莱希特的观点来解释京剧是错误的。认识京剧要有一套特别的视角，而那理论都在演员的经验之谈中。京剧的剧本与表演体系是可以作深入分析的。演员的形体、念白、舞蹈带有某种只可意会、不可言传的神秘感，而演员与观众间，是互为游戏的。观众的叫好，乃一种审美的呼应，看似不雅，实则有深的精神交流。演出能否引出精神愉悦，是一个标尺。而这些，都离不开超然中的净化。

在梨园的游戏化的互动里，不同的角色起到的作用不同。郭宝昌特别提及丑角的审美价值。关于丑角，齐如山与俞平伯等人都有深入论述，类型化中也有反类型的东西。郭宝昌从不同演员的经验里发现了秩序里非正襟危坐的美，这里有着民间的哲学理念，其实与儒教是略有偏离的。他认为丑角"是京剧唯美表现方式的最典型的代表"，那魅力在于"自嘲与自讽"的力量：

> 自嘲与自讽是京剧丑行一个极为宝贵的艺术品格。它把角色的内在以夸张的形式直接呈现在舞台上，是对虚伪欺诈、文过饰非的刻意反叛，也是一种对人生、人性的大彻大悟后的反思与内省。这种大彻大悟的态度，在这类角色的定场诗里就能看到。

内行看京剧，寻常之处也有妙意，这是外行久久品味才能感受到的。郭宝昌谈及京剧的好，自然也不满于五四那代人对旧剧的抨击。他认为新文化人以西洋戏剧理念来评判京剧得失，似乎不得要领。中国固有的表演体系，只能在汉语的语境中才可以玩味出来，西洋的概念，总还是与其有隔膜的。

不过，批评鲁迅那代人的简单化，其实未尝准确。鲁迅那代人批评旧戏，并未否定旧的形式，而是不满其传达的思想，或者是那主题与人物暗示的国人精神存在瑕疵。在《二丑艺术》一文中，鲁迅讲到浙东民间戏剧的丑角的表演，看的是丑角折射出的思想，而非审美上的快慰。鲁迅认为二丑就是二花脸，"身份比小丑高，而性格却比小丑坏"。"这二花脸，乃是小百姓看透了这一种人，提出精华来，制定了的脚色。"从效果看，丑角在表演中是达到了自己的审美目的的，观众也于会心一笑中感叹世道的荒诞。丑角在审美上，是胜利于舞台上的，这连鲁迅这样的人都不能否认。但五四那代人从这程式中，却看到了某种畸形的思想，在类型化里，感到某些不满，这是文化批判中不可避免的态度。

其实鲁迅在杂文里，也写过类似的荒诞之感，丑角的审美也被借用过，只是化为知识人的口吻，精神所指在另一个地方。比如谈及古小说中的武人，他喜欢的也是被戏剧丑角演示的人物：

> 我佩服会用拖刀计的老将黄汉升，但我爱莽撞的不顾利害而终于被部下偷了头去的张翼德；我却又憎恶张翼德型的不问青红皂白，抢板斧"排头砍去"的李逵，我因此喜欢张顺的将他诱进水里去，淹得他两眼翻白。

这些机灵的人物搬到舞台上，一定各有风格定位，如果李逵是花脸，那么张顺就是武丑吧。王瑶先生论述鲁迅的《故事新编》，就发现了鲁迅文本中的丑角元素，传统戏剧的游戏性在白话小说中的运用也能够有一种意外的效果。鲁迅是深味文字游戏之乐的，他与钱玄同通信时的汉字游戏，就是不正经的表述，而思

游戏之于思想 ——

33

想却是知识人的一种明达，讽世之深，也是可以感受到的。

　　游戏不仅在梨园里，也在文章中。古代文章，在妙思里也不免笔墨嬉玩。《容斋随笔》说南朝文人作诗先赋韵，就看出连句与得韵之趣。《文心雕龙》的章法，就带有骈文的味道，载道中每每不忘辞章修饰，汉字的跳跃性和唯美性都有。刘勰写此书，是要呼应孔子思想的，这些鲁迅未必认同，但并不影响他对《文心雕龙》的引用和称道。倘深入考察鲁迅批评语态与刘勰之关系，也有不少可陈述的部分。五四那代人在传统与现代之间，持的就是这个态度。他们不认可士大夫诗文，但自己也未必没有士大夫气。看似矛盾，实则是统一的。

　　作为新的知识人，指出旧遗产的痼疾，并非唾之、弃之，而是择其美质而用，这是创新者应有的态度。中国旧的艺术，对于世间风气是颇为熟悉的，再现历史的时候，也不免有温吞的地方。但内中的形式，也起到了调节的作用，舞台中的时空感，激发了我们对于存在的想象。京剧的游戏，并非漫无边际的游走，而是在一个套路里。鲁迅就承认自己的小说吸收了许多戏剧表现手段，对话与背景，都有绍剧的痕迹。他的游戏笔墨，往往出人意料，是打破程式化的精神出走，带有现代的色彩。他将有些荒诞笔意说成"油滑"，意在颠覆作品的四平八稳之调。与程式化的剥离，是现代艺术的特点之一。由此也可以发现，鲁迅之于旧戏剧，并非完全反对，传统的艺术是深化于他自己的血液里的。

　　艺术中的游戏之于思想，两者有一种微妙的关系。游戏从思想里脱离，还会重新回到思想里。汪曾祺是懂得京剧的作家，他的小说里的戏剧元素是深含不露的，戏剧之美也成全了其小说之美。他对于京剧的批评，比鲁迅更具体，甚至更深刻。汪先生虽然深味京剧的美，但也发现了其自身的先天缺欠，归纳起来是四点，即历史观陈旧、人物类型化、结构松散和语言粗糙。他改写的《沙家浜·智斗》那场戏，也多游戏笔墨，但背后有灵思在，所以人物与场面都活了。汪先生觉得旧剧缺乏现代性是一个问题，要阻止京剧衰落，靠的是精神气象的提升。梅兰芳之后，这种提升还是有限的，而新文学却具有了无限的可能性。在这个意义上说，鲁迅与梅兰芳，是可以互为参照的不断生长的遗产，并非对立的存在。中国艺术不缺乏游戏之乐，缺乏的是思想。没有思想的游戏，总还是单薄的。

2021年9月11日于新龙城

从凝视到再现

米尔斯基的《俄国文学史》，现在是许多人都注意到了的。其对于本国丰富的文学现象，如何取材，怎样透视，都有出人意料的地方。最早读这本书，就嗅出别样的气息，发现作者还可以如此面对审美学时空，词语间是转动的风景。这与欧洲的审美思潮可能有关，寻觅内在的线索，是有一个理由在的。文学史是对文学现象与文学作品以及作家形影的聚焦，涉及精神生活的方方面面，也关乎社会的里里外外。米尔斯基写自己的祖国远去的作家群落，也录下时代与作家互动的痕迹，就思想与审美而言，是与此前的文学史著述有颇多差异的。

有的时候看到域外学者写的文学史，便也想到我国学者写的类似著作，比较起来，各自老在不同的路上。这固然与学者的修养不同有关，实则是由迥异的文学形态决定的吧。近些年文学史的著作陆续出版了许多，印象最深的是洪子诚先生的《中国当代文学史》。先生在六十岁时推出这本专著，大有厚积薄发的意味，或可以说，找到了一个中国人理解文学的方式。远不同于古人，近非似于同侪，在审美与思想方面，都有可观可赏的气象。

洪子诚关注当代文学的变迁，不是就文本而文本，而是能够理出一种文脉的。这既借鉴了域外文学理论，也参照了史学家的心得，但根底是属于自己的苦思。陈寅恪在《元白诗笺证稿》中就说，要了解作品，"第一，须知当时文体之关系。第二，须知当时文人之关系"。这种研究思路如今依然有着生命的热度，洪子诚于此亦得深意。他讨论当代文学现象，是有意将文本进行对象化处理的。从不同的角度打量远去的存在，不被作家的情绪所囿，历史的景观被冷静地透视着，味道自然不同于常人了。

中国人善于就事论事，但要贯通古今说出道理，非大手笔不能为之。从洪子诚的著作里可以发现，他凝视文学现象，是有一个大的背景的。比如讨论二十世纪五十年代的文学，就非从作家的文本上简单言理，而是看到大的环境里的诗学。因为谙熟苏联文学史，对比中看出文化流脉的交叉，将文本深层的复杂性显现出来，阅之让人忽然开悟。这个方法，谢无量在民国初年写《中国大文学史》时，就运用过。他在讨论文学形态时，顾及了哲学与风俗，从多种层面展示文学的面目，文学史不再仅仅是作品的罗列，还有精神史的点画，分量自然就非同寻常了。在相当长的时间里，学者们不太容易处理这些难题，现在终于从惯性中走出。一个学科成熟与否，看的就是是否有这样的精神摆渡者。

那些解读文学作品的能力高强的人，是不太有狭隘的专业积习的。章学诚的《文史通义》就批评桐城派的方苞，仅仅从辞章入手看诗文的起落，凌迟了文学也是有的："夫方氏不过文人，所得本不甚深，况又加以私心胜气，非徒无补于文，而反开后生小子无忌惮之渐也。"章学诚的思想不同于桐城派，乃史学理念的映现。后来章太炎、刘师培都远离桐城遗风而亲魏晋文学，说明离开了固有的士大夫眼光，会有一个通透的视野。鲁迅、胡适那代人的文学史写作，就是在这种新风气中渐渐形成的。

这也使我想起中国现代文学史的写作问题，因为是后起的一种文学史现象，较之古代文学显得过于稚嫩，尚未被历史化地处理，理清此领域的经纬并不容易。这个专业在二十世纪八十年代曾引领过风气，一大批有才华的人聚集于此，但现在的情况却不太一样了。一般的看法是，中国现代文学史是在左翼理念基础上形成的，从五四到新中国成立之初，写实文学与浪漫文学此起彼伏，中间还有一些通俗文学和文言作品行世。如何分析、研究这个文学形态，近来的分歧慢慢出现。有的学者提出了民国文学史的观念，这是思路的重要调整，对于以往研究的单一性是一次突破。不过民国文学史的提出更多考虑的是均衡感和折中性，重要文本如何安放也是一个问题。整理旧的文献资料，怎样兼顾各种思想，深入其中，以立体的方式探讨民国的文脉，不能不思之再思，比如老白话、老戏文、方言、文言文等。新的白话文有的颇为生动，有的流于平庸，白话文作家也有多种文体实验，这些当细细研究。鲁迅先生抄录乡邦文献，就是摸索不同的文学形态。他的魏晋文学研究，不妨说是文脉研究。这个经验对于我们认识五四前后的文学，都是可借鉴的。

新文学是从旧文学中挣脱出来的，背后有某些传统的辐射。

最初从事新文学写作的人，多有很好的旧学根底，他们的文本之中，有古老的辞章之影。像刘半农这样的作家，旧小说与新诗都能为之，是有新有旧的。郁达夫的旧诗之好，远胜于同光时期的文人。钱锺书的文言写作和白话著作各有光泽，这是大家都感受到的。就辞章的多样性而言，翻译文本也是一种文体实验。五四前后的翻译家参照了旧式辞章，吸纳域外资源，也刺激了文体的形成。白话文如何受到翻译的影响，它的进化过程也都大可书写，有不小的阐释空间在。由于文脉的背景不同，流派也出现了，比如京派与海派的关系，有分别，也有交叉，彼此的文体碰撞也是有的。民国的地域文化也不都是封闭的，像延安文艺也有外来审美意识的影响，土洋结合，催生了新鲜的作品。东北作家群受域外小说家的冲击也很大，从他们的文本里能嗅出斯拉夫文化的气息。可以说，现代文学是一个面向多种可能性的文学，讨论它，仅有简单的维度恐不得要领。

我有时也觉得，现代文学史应与现代学术史互为凝视，当能发现更多的话题。大家知道，白话文学的概念，是新式学者们提出的，胡适的《文学改良刍议》就有进化论与实验主义的影子。章太炎关于文章学的理念，也冲击了思想界，他的弟子们在晚清批判桐城派和韩愈思想，乃学术观念的革新，这些对于白话文运动，有潜移默化的影响。马克思主义进入文坛，也催生了诸多作品，民族化、大众化的观念与马克思主义是什么关系，都值得进一步阐释。马克思主义与京派在当时是对立的，我们今天搞文学史研究，在对立中也应当看到其间的对话性，这就从现场语境上升到学术语境，或者说历史化语境了。像罗素哲学与列宁主义哲学，都影响过张申府这样的共产党人，不同资源如何被运用到新文化建设中，我们在过去还注意得不够。

这种对话性有时表现为一种意识形态的冲突，有时是学术碰撞与交汇。如何历史地呈现这种思想形态，我们的文学史家可做的工作甚多。像西南联大的左翼人士与非左翼群落的交叉，也说明民国知识分子的复杂性。在非左翼的知识分子那里，是不能以教条的思路简单归纳审美形态的。面对文学遗产的时候，朱自清与闻一多的视角不同，他们对后人的启发亦不可小视。其实，这些年的钱理群、吴福辉等人的文学史写作，既继承了前人成果，又突破了旧的藩篱，知识谱系的丰富性与思想的丰富性也随之而出。

不过，学术思潮对文学的影响，也不能过分夸大。文学的审美有时候是溢出理性的框架的。比如茅盾的文学创作，在前期有自然主义因素，后期则属于现实主义的了。但自然主义与现实主义，也不能够都涵盖他的小说作品。在《霜叶红似二月花》里，就有心绪的婉转之音，内中古典审美的痕迹依稀可辨。而象征的色彩也未尝没有。茅盾的作品有用他自己的理论也说不清的东西。这与瞿秋白的散文一样，我们看瞿秋白的文学批评观点和去世前的《多余的话》，仿佛不是一个人所作。概述这样的作家，是要考虑到审美意识与政治意识之间的关系的。同样，对于像施蛰存这样的作家，仅仅从海派的视角描述他，可能也会遗漏一些片影。他与京派在理念上的相似，也说明学术思想如何曲折地影响着作家的文本。

按照纯文学的观念来衡量现代文学，我们会发现许多并不成熟的作品在文学史里占据了很大空间。现代文学是探索中的文学，在面对这个历史片段时，我们既不该妄自菲薄，也不能将其无限拔高。现代文学失败的经验很多，文学史过去描述得不够。比如感伤主义作品，就有许多是简单、浅陋的，田汉的早期剧本，郁达夫、庐隐的许多小说，都不成熟，审美上有蹩脚之处。郭沫若的历史剧，丁玲的长篇作品，常常有外在理念的生硬嫁接，今天看来，考察其发生的过程，都可以丰富我们的审美经验。

再比如新诗初期的幼稚形体，是探索的必然。它们在形成过程中，有一种突围的冲动，自然也有诸多不成熟的痕迹。废名曾高度评价初期诗歌的价值，有自己特定的考虑，他更多是抱着对探索性的肯定来讨论问题的，有很大的意义。但文学史处理这些存在时，不能不放大我们的眼光，当从时间纵向里看出其失败的原因。这在自由主义作家与左派作家那里也存在，思想的锐气，未必能体现在诗意的世界中。但生猛与劲健中的粗糙，也记录了历史语境的演进过程。

新文学幼稚、粗糙，与旧文学比起来，是成长中的新生形态，虽然嫩小，有时照例不失冲荡之气，因为诞生于忧患之中，便与人生中的难题相遇，引人思考的内容甚多。稚气之美，引人不断沿此探索，积累的经验对后人有不少的启示。文学史写作应当从中发现审美意识与现实情怀复杂的关系，由此总结经典文学诞生的条件与因素。倘若能够在不同经验中建立自己的问题意识，则无疑会拓展文学史表现的空间。

　　鲁迅、沈从文、张爱玲受到现在学界的持续关注，说明他们的作品有了经典的价值。而有的作家只是作为历史现象而非审美现象被简单掠过，自然有更深的原因。我们过去对于有缺陷的作家比较暧昧，没有放到一个多维的空间凝视之，显然弱化了问题的探讨。像激进的作家的观念化书写，问题的症结何在，总结得都不够。文学史不应都是知识的罗列，也应注意引导学生思考。在使学生发生兴趣的同时，能够有问题意识的培养，那就获得了多样性的功能。

　　几年前，我曾经出版过一本《民国文学十五讲》，试图寻找一个不同的叙述框架。但写作中有两个问题一直困扰着我，一是在知识的罗列中，审美如何安置？因为述学文体的单薄，叙述者的美感呈现受到限制，学生只有知识的吸纳，没有感受到冲击，文学史本身的趣味降低。二是文学史写作乃学院派的产物，与作家、普通读者的感受方式，有一些差别。大学老师的言说方式有时属于学科理念的一种，会过滤掉读者的初始感受，叙述文本趋于单薄。我试图摆脱这种惯性，寻找属于自己的话语方式，然而感性有时候淹没了思想，也未能找到平衡点。细想一下，可能是依赖于成形的话语，导致不能寻觅新的视点。

　　而我们看学院派以外的学者的思考，有时他们的思路是有所差异的。民间的学者有独创性的很多，他们的劳作对于象牙塔里的人构成一种冲击。以张爱玲研究为例，止庵的导读和文献整理，略好于学院派的叙述，影响更大。止庵是批评家，也是小说家，其文学史的感觉就丰富了许多。林贤治描绘当代散文历史，就不人云亦云，体式是从自己的阅读中来的，且有思想的缠绕。木心在纽约给青年人讲文学史，是另一风范，体大而精深，在一颗跳动的心与无数灵魂的对话中，文本也活了起来。关于木心的那本《文学回忆录》，争议很大，专家们也发现了其间的漏洞和短板。但我以为就感知方式和叙述语态而言，学院派的人似乎无法做到他的灵动性。这也让我们想起鲁迅的《中国小说史略》，它至今魅力不减，是集创作、研究、翻译经验于一体的文本。鲁迅写小说史，有体验，多对比，善总结，在各类文本中穿梭，道辞章隐秘，言意象来源，起死人于灵思之中，唤幽思于字句之间，这样的人才，百年间我们见之不多。

应当说，现在的文学史是文学教育的产物，而非仅仅文学鉴赏的文本。因为有了教育的理念在，书写者自然也含有布道的倾向。纯粹的审美静观是不易存在的。温儒敏在《文学史观的建构与对话——围绕初期新文学的评价》中总结了现代文学史研究的三种模式。一是胡适的"以进化的系列构想文学史"，二是梁实秋"把古今文学铺成一个平面"的逻辑，三是周作人的"从文学源流看历史的循环"。他认为这三种模式"看起来互相对立，其实也有彼此的补充与纠偏"。所以，每一种文学史的写作都有一定的限度。他就很反对以思想史代替文学史，这是不考虑文学的特殊性的。由此也可以发现，每一种文学史的写作，都非包罗万象的，只是部分突出了审美的意义，自身的限度也影响了精神的广远性。

民国时期出版的几部文学史著作，都颇有特点，谢无量的《中国大文学史》与鲁迅的《汉文学史纲要》就不同。钱基博的

《现代中国文学史》和郑振铎的《插图本中国文学史》也不在一个层面上。文学史写作应当说是个性化的，上述的著述至今依然被学界引用，说明了其价值所在。相对于目前出版的各类文学史著作的同质化现象，我们需要冷思的地方很多，一部关于文学生态的书如果味同嚼蜡，那就离艺术之神很远了。当研究者遗弃了审美感觉，他的述学文体便是苍白的。目前文学史写作的最大问题是写作者中很少有集创作、研究、翻译经验于一身的人，对学术史、艺术史缺乏互动式研究，将文学变成封闭的形态，所以文本显得单薄，流于一般性的描述。这很值得我们警惕，一旦学术被僵硬的文体包围，智慧就不得在其间生长。

那么，世间确能有理想的文学史吗？想起来也挺难回答的。博尔赫斯在《永恒史》里谈到文学史写作中的几个难题，他厌恶那些费解的词语和"夸饰"中的狂热，但书写作家笔底的世界，完全有不同的思路，他自己就想写一部文学的"隐喻史"。这也仅仅是繁杂的文学现象的一种，并不能涵盖存在的全部。龚鹏程在一篇文章里批评鲁迅的《中国小说史略》忽略了小说与戏剧的互动史，说明前人的写作也难免有自身的盲点。如此看来，文学史的写作，是不同时期的人们对于历史遗迹的一种带有针对性的凝视，在审美的跳跃的空间里，史学家捕捉的仅仅是诗文的一个断面，或审美景观的一角，后人完全可以在不同的空间里建立自己的叙述逻辑。关于远去的文学的整理和思考，今人做的还远远不够。每一代人都有自己要做的事，与其寻找完美性，不如脚踩在大地上，一步一步走下去。

说到底，文学史的写作，大多是始之于凝视，终之于再现。大量复杂的审美现象，如何进入写作者的视野，有一个复杂的考量过程，而呈现这些时光深处的存在，乃认知的一种整合。任何整合都因了先验形式的存在而难以摆脱其间的悖论，它的限度也显而易见。这个过程，是向人的感受能力和思考能力的挑战，能否跨越自己的认知藩篱，决定了思考者的行走能有多远。每一次凝视与其说是对于陌生他者的发现，不如说是对于自我的再认识。能够打开自我的人，才能够发现对象世界。所以在文学史里，有批评家和文学理论家所没有的更为繁复的存在，写作者须有宽容中的严明和严明中的宽容，且有拥抱远去的灵魂的暖意。不是每个时代都有这样的学者，唯其如此，我们才会对那些被一再阅读的著作敬之又敬。

2021年5月24日

无累之心

  2019年年底，王得后先生来电话，告诉我张恩和先生离世的消息。记得恩和先生前几日还答应到苏州去，一同出席纪念鲁迅研究会成立四十周年的活动，现在却天各一方，永失重聚的机会。想起熟悉的前辈在者日稀，很有古人所云"流年仅为一瞬"的感觉，除了无奈，复何言哉。

  我这些年多病，很少去拜访熟悉的前辈。不见恩和先生已经有几年了，知道他的身体还好，总觉得还会有见面的机会。从朋友那里时常听到关于他的消息，偶尔能够在出版物上看到他的题字，都很亲切。老而不衰，趣亦本然，能够感到其晚年宁静里的惬意。

  年轻的时候，读过他很多篇文章。我上大学的年代，正是恩和先生这代学人思想最活跃的时期，他在北师大和社科院的口碑很好，一些文章被同行所关注。二十世纪八十年代来京工作，最早认识的前辈就有他。那时候我与高远东跟随王世家先生编辑《鲁迅研究动态》，他是经常来往的学者之一。印象里他与李富田、孙玉石、王骏骥、赵存茂、朱成甲等常常结伴而来。编辑部在鲁迅故居旁的西小院，王世家的家也挤在一边。随着他们的到来，院子里就热闹起来了。最能侃的是李福田，有他在，别人不能插嘴。孙玉石与赵存茂不太说话，旁边敲边鼓的是王骏骥与张恩和两位。谈天中，关于时局的话题最多，其次是关于学界的趣事。言谈间，无所顾忌，出言不逊的时候也是有的。这个圈子里的人，是我见到的最率性的一族，他们指点江山、笑傲江湖的样子，像是带出了民国文人的某种风气。

　　王世家周围的朋友分布各地，有许多都很有风骨。比如王观泉虽是上海人，但通体是东北人的爽快，儒雅里也含豪气；孙玉石生于辽南，言谈却有江南才子的味道，那么喜欢与有野性的朋友往来，说明内心带有六朝人的遗韵吧。来往中还有云南石屏的强英良，喜欢篆刻，考据文章写得颇好，样子也是不拘小节的那一种。天津的张铁荣温文尔雅，他的同伴王国绶则敦厚老成，思想呢，自然也属于异端者流。恩和先生与这些人关系都很密切，彼此无话不谈，他们在一起的时候，很多的花絮，想起来都值得入新"世说"的一些章节。

　　我因之有了很大的感动，原来一些活跃的学者，都是有一点野气的，他们和呆板的报刊风形成对照，有蒸腾的热气在。那时候恩和先生行文既无理论腔，也非象牙塔语，乃个性精神的承担与发扬，每每有出格之音。他谈天的时候，思维较为活跃，有时候含有幽默的句子。慢条斯理中，讥世之语甚深，又能蹦出笑料，说是温和的异端也并非不对。一般的鲁迅研究者，词语是紧绷的，蹙眉怒目的时候居多，他却不紧不慢，笑看着什么，散淡里透出冷思。文章也非排山倒海地呼啸而来，而是细流涓涓，曲直各显，不过也是滴水穿石，自有其内力在的。

近几日重读他的遗文，觉得七八十年代写下的文章，都可珍藏。那些文字乃清理极左思想的突围，反八股，讲人道，重个性，在他那里成为主要的调子。学术应怎样走，他自己是有一把尺子的。那就是鲁迅所云的"尊个性而张精神"，建立为人生的人道主义的文学。1981年问世的《鲁迅与辛亥革命》《论鲁迅早期"为人生"的文艺思想》，都是有很强的问题意识的文字，看得出其理解鲁迅之深。1985年，他写下的《鲁迅——伟大的反对封建主义的战士》与王富仁的博士论文的主题几乎一致，就是说，他与青年人一起，加入了新启蒙的合唱中。在王富仁、钱理群没有出现在人们视野中之前，他与孙玉石、王得后等人的学术思考，已经拉开了学术转型的帷幕，虽然他们后来并不是学界最走红的学者。

改革初期走在学术前沿的人，多为在政治风云里没有趴下的强者。他们能够脱颖而出，至少说明"文革"未能毁其精神，他们还保留了读书人的本色。恩和先生在回忆文章里说自己是一个思想散漫的人，反右时差一点跌入深谷。他对那些右派学者有天然的亲切感，黄药眠、启功、钟敬文落难的时候，他们彼此还保持着良好的关系。他后来参与到唐弢的文学史写作组，对历史的真伪有了明辨的目光。在其思想深处，知道应珍惜什么，唾弃什么。而那时候有价值的存在，正在一点点消失，他的焦虑和忧思也在文字里可以见到。他在八十年代能够果敢地参与思想解放运动，这也是在释放多年被压抑的激情。他的学术思考，乃对于早期经历的反思，他经由自己的经验，冷观民族的历史，这使他的学术研究带有了浓厚的个体印记。

因为有史的观念，看人看事，就不那么线条简单，解析作品，知人论世的时候居多。他的写作，宏大叙事甚少，注重细节的文字，见出他的卓识。早在六十年代，他写的《对狂人形象的一点认识》，就已经让人刮目，说出了学界没有说出的文本内蕴。面对《狂人日记》，不是按内在逻辑简单归类，而是从鲁迅知识背景出发，寻找精神的逻辑点。他认为《狂人日记》存有尼采《查拉图斯特拉如是说》的影子。原因有多点，一是此小说写作前，鲁迅译介过《查拉图斯特拉如是说》的序言，二是在主人公的自白里，带有相近的气韵：

> 尼采的这篇著作，是"用箴言（Sqnueche）集成"，鲁迅的《狂人日记》也是由"冷隽的句子"构成它的主要特色；这些句子概括凝炼，凌厉峭拔，使读者透过它的表面感到真理的闪光，从它深蓄的含意得到启发。

这是很重要的发现，作者的洞见中流动着情思，与鲁迅的文本搅动在一起，温情般扑面而来。那时候的作者才二十八岁，但鲜活的艺术感受力和反流俗的审美意识，犹如打开文本的一把钥匙。这种感觉，在研究郁达夫、郭沫若、郭小川时也表现出来。他对于材料的发现和细节的把握，都有个人的特点，也纠正了读书界某些流行的观念。

在诸多研究中，他常常是热点之外的沉思者。他的《鲁迅旧诗集解》《鲁迅与郭沫若比较论》都不是当时学界热闹的题目，但从寂寞之地听到地底的轰鸣之声，也是他给读者带来的惊喜，有些文字也有改变风气的力量。在审美观念上，他没有王富仁、汪晖那代人新，但思考的问题和所得结论，有许多是彼此交叉的。他去世后，我才接触了他的几篇旧文，忽然发现有许多卓识，是自己过去没有注意到的。就研究的方法与境界而言，他是那个年龄中最有水平的几位学者之一。在思想解放之初，不是靠理论的新打开精神之门，而是从文本的细节里，寻出新文学的亮点，在别人忽略的角落，看到存在的隐秘。

他在七十年代末发表的《鸡鸣风雨 斗志弥坚——对鲁迅诗〈秋夜有感〉的理解》《谈鲁迅两首和屈原有关的诗》《〈湘灵歌〉探究》等文，细读里的古今对照，知识趣闻背后的情思点染，都有别趣。在文本的缝隙里寻觅精神线索，先验的概念就消失了，这在方法上不同于流行的苏俄审美意识，为鲁迅研究脱离本质主义的窠臼，起了重要的推动作用。他们那代人，受知识限制，还不能从理论深层寻找进入文学世界的更丰富的参照，但通过文本的爬梳，以传统的方式凝视远去的遗产，就避免了伪道学的思路，使精神的天空有了明快之色。他的许多发现都是自己苦读的心得，比如从鲁迅苦涩的文本、绝望的句子里，领悟到其梦幻之色。《论鲁迅小说的理想主义》阐述的就是其文本背后的存在，在他看来，仅仅注意现实主义审美原则，而没有看到超越现实的精神灵光，可能不会丰富地把握对象世界的整体性。这种认知方式，与当时普遍性的认知惯性是有别的。他的许多文字都有针对性，不随波逐流，每每与时风相对。比如《鲁迅小说中的天候描写》《鲁迅为何提前离开厦门》，都是以小见大，在枝节里看到主体血脉，有时让人耳目一新。那是有着他的才气的文字，性灵之泉流溢，聪慧之思起舞，在学术的漫笔里，也看得出其锋芒所在。

　　前人曾批评学界"速于成书，躁于求名"，没有对学术的敬畏之心，思想是不能站立起来的。恩和先生是遵循学问之道的人，他的论文不多，但讲究质量，绝不滥竽充数。由此，对人对己，要求也较为严格。其内心一直有一个恒定的意识，就是不要丧失自我的话语逻辑方式。历届运动遮蔽了许多东西，淹没了许多作家，但被不幸污染过的存在，不都是没有价值的。他注意到学界的思想变化，在鼓励创新的时候，对于那些非历史的审美态度是保持警惕的。他一直主张要系统、立体地面对文学遗产，不能简单化处理文学文本。在反对"神化"鲁迅的思潮里，一些人试图否定鲁迅"革命家"的价值，可他依然坚持这种观点，辨析之语，有深厚的学理的支撑。他对于熟人的文章，有好说好，有坏说坏，追求一种精神的纯正。1994年，我编辑出版了《被亵渎的鲁迅》，引来读者的一些注意。恩和先生写了一篇评论《骂不倒的鲁迅》，在肯定此书价值的时候，也提出了一些意见，其中说道：

　　　　总的说来，本书的编选是很有水平的，编选者确花费了不少精力，从许许多多材料中爬梳精选出一些有代表性的文章，基本上让人们看到鲁迅生前身后遭受到的批判、贬损、谩骂、攻击。这对广大读者认识鲁迅以及研究者研究鲁迅都是很有意义的。不过其中周作人几篇，虽然编选者是据某位专家的意见当作影射鲁迅收入书中，但我总觉得有几分牵强。我无意为周作人辩解，事实上有些问题也有待进一步辨析、探讨、研究。我的意思是最好少让一般读者去从微言中寻大义，从字里行间去听弦外之音。在这方面，过去我们实在有太多的教训。

警惕简单化，模棱两可，有他的理由在，"文革"的记忆对于他来说是难以忘却的。而他的学术思考，许多都基于此点，这也让他成为坚守精神底线的人。纵观他的文章，不趋时，远媚俗，乐独思，于是字里行间流动着鲜活之气。他有着鲜明的是非感，记得有一年我们同去普陀山，他在船上与周海婴等人神聊社会风气，他在批评一些文学现象时的表情，让人看出其内心始终不变的东西。在深处，他有点以鲁迅的是非为是非，但又不带迂腐气，语气是绵里藏针的。

现在的学者很少有文人杂趣，面目日趋单一。恩和先生不是这样，他是江西人，那是出文人的地方，唐宋以来那里文人颇多，余风至今不绝。细细说来，他也染有故土的才子气，喜欢笔墨之情，把玩文章的本领很高。他自己也写一些散文，辞章讲究，感觉丰沛。我当年编副刊，他是重要作者之一，在我编辑的《流杯亭》上，写的多为游记，或者杂文，看得出对于世界的好奇心，以及敏感于现实的忧患意识。记得他所写的欧洲游记，透出清新的笔意，对于文明观的体味，牵引着凝重的思绪。他善于古今对比，中西互感，文体散发着五四式的低语。这些文字有其思想原貌，精神漫游之际，会心于物，坦然其思，性情、爱好、人品皆朗然纸上。

　　恩和先生许多文章，清爽的调子背后，不是在逃逸着什么，或自我满足着什么。在回溯往事的时候，不掩事实，直面难题，讲心里埋藏的话，是很难得的。比如那篇关于六十年代初返乡的故事，于萧索、苍凉处，见出百姓之苦，时代风致尽入眼底。而勾勒北师大五十年代的知识分子的悲剧，亦写得冷气彻骨，空白里流出几多幽怨。他成长的年代，恰是知识人蒙羞的苦岁，这些不仅没有使其沾染奴性，反而是保持了良知，且学会了独立思考。所以，他的作品，没有京派的冲淡与隐逸，却满溢着忧患的感觉，新文学最为重要的传统是被一次次激活的。这种写作风格一直保持到了晚年。那篇《圆明园沉思》，是一篇代表作品，多年前我曾经在《中华读书报》上写过一段短评：

　　　　读这一篇关于圆明园的文章，能看出他一贯的立场，审美喜好都历历在目，鲁迅的影子多少有一些的。

　　　　他的文章很平淡，不是故意取巧的那一类。随意而谈，不迎合什么，也毫无自恋的东西。雪日游废园，一定是沧桑的流转，或是别的什么也未可知。能感到他的寂寞，对残败的古迹，人间冷暖都会流淌此间的。一个人的漫步与思考在这里，没有士大夫的雅兴，那只有着现代人的苦梦无疑。我猜想这和他的职业有关。远离道学，亲近新学，虽也多笔墨闲情，旧儒的酸气是没有的。凡到圆明园，拒绝民族主义的人不多。在失败的记忆里还能清醒地抵触古魂的泛起，是知识分子的品格才有的闪光。我记得赵园有一篇谈圆明园的文章，也是类似的意思，那篇肃杀的小品文，不知怎么，至今还记得。

圆明园的今昔是近代以来的伤心标记。张恩和不喜欢凭吊者的老朽气。顾炎武那么有学问，到了十三陵还要感伤不已，有亡国之苦，根底还是奴性。圆明园不过皇族的奢靡之地，固然是文化遗产，但深层给人的记忆，却是黑色的吧。经历了五四，如果读书人还在顾炎武式的怀旧里，那无疑没有出息，毕竟，皇权的遗存，辐射着一个民族的痛史，审美价值与生命价值之间，铺着一条血路。有的人忘记了那里的血腥，还以为是圣洁之地，岂不可叹也夫。

作者之评价圆明园，借用了鲁迅对长城的印象，真是悟道之言。他的这篇游记的要义大概就在这里。鲁迅是不喜欢长城的，原因是它把人们囚禁在什么地方。鲁迅的感叹有诗人气，也似尼采式的决绝。张恩和以为好，我也心以为然。他能这样写圆明园，没有遗老气，真的不易。

与恩和先生结识三十余年，交往也是断断续续，有些片段至今难忘。2008年，我策划了"鲁迅与书法"的会议，地点在江西进贤。那次请他与郑欣淼、孙玉石、刘涛、扬之水、高远东、刘德水等先生来，一时群贤毕至。研究鲁迅的人，没有几位懂书法的。会议中他很引人注目，所到之处，对方都希望留下墨宝。恩和先生的字，差不多是最受欢迎的。进贤离他的家乡不远，回到那里，心情大好。他的字有一点启功的影子，仿照前人又能保留己意，有几分"妙在能合，神在能离"的意思。据说进贤书法博物馆后来常请他回去，看得出其在故乡的影响力。我至今保留着他写的一幅作品，行文飘逸、清秀，张弛有度，满是温润的样子。他称自己习字，不过玩玩，不可当书法艺术看。我却在这游戏笔墨里，看出其本色来：率然之笔，无累之心。他的为人、为学之道，说起来都不寻常。我想，关注鲁迅研究史的人，对于这一代人，总是不该忘记的。

2020年6月26日

无累之心 — 55

邵燕祥点滴

　　世人言及邵燕祥先生，觉得其杂文第一，诗次之，这都不无道理。他的文、诗之好，当源于他的文史修养。就其晚年写作来看，学问家的一面也时有表露。他对于一些学问是下过功夫的，他熟悉近代哲学、俄苏文学史，对野史也有浓厚的兴趣。而他的书话、旧体诗，也独步文坛，辞章里有着京派学人的某些气质。

　　记得二十多年前，他从虎坊桥的寓所打来电话，告诉我马上要搬家了，一些旧书可能对我有用。我到了他那里，发现许多学术著作，便搬回了几箱。先生给我的多是珍贵的版本，这些书大概是影响了其知识结构的。有些对我后来的工作，也是难得的参照。如今翻看这些版本，似乎能感受到他与学术史的某种联系。

　　那时候我在编副刊，先生也写来一些杂文，犀利、深刻，带着诗人的灵气。但我们见面的时候，很少谈文学，谈的多是思想界的话题，他似乎更关注史学界的动向，对于近代史与共产主义运动史尤有兴趣。他的杂文写作，谈论历史的篇目很多，寻常之处，亦有亮点，臧否人物，往往语出惊人。多年间，他写过多篇

《夜读抄》，让人联想起傅山《霜红龛集》和鲁迅《准风月谈》，一些笔触也有知堂《药堂语录》的遗风。但他又不掉书袋，警惕"苦雨斋"式的沉闷与孤僻，那些谈孔子、孟子、曹雪芹、鲁迅的文字，都在故纸堆里泡过，却又从中跳出，沐浴在现代的朗日下，见不到一丝迂腐之气。邵先生的学识，非学院派式的，乃野性生长的那一种。

　　先生和许多学人的交往都值得一提。二十世纪八十年代，正是思想活跃的时期，许多学人的新作，都吸引着他，他们从交往里看出彼此的读书趣味。他的藏书里夹有一些学者的往来信件，1982年7月4日，赵瑞蕻先生致信他，言及无锡召开的法国文学年会，顺便提及翻译象征派诗人兰波的事，这件事可以看出彼此的互动之深。古代文学专家林辰也是他的好友，于1986年8月发信给他，谈及对于鲁迅研究的感慨，这也恰是邵燕祥最为关心的。有趣的是，他与施蛰存、周有光、季羡林的交往，都隐含不少故事。比如施蛰存晚年的诗文趣味和思想境界，世人知之甚少，但他在八十年代寄给邵先生的诗，则流露出气质的另一面，邵先生对此颇多心解。1998年秋，季羡林先生出版了新作，他通知我一同参加燕园的一个活动。那天北大的校园里来人甚多，算是一次有趣的聚会。会上他与季先生神聊，看得出他们两人都很快慰。邵燕祥对许多学问家抱有敬意，他还与周有光先生有些信件往来，其中有一封讨论的是"双文化"的难题，彼此的心语很深，言谈间对于学问之道多有灼见。如此着迷一些学术话题，与其说他对知识论有兴趣，不如说他欣赏的是一些学人的人生境界。国内最有

邵燕祥点滴

57

深度的学者，他都曾留意过，有的交情不浅。王元化晚年思想广博而通透，邵先生因之受益良多。有一次言及王元化，他深情地写道：

> 又是槐花飘香时节，忽忆去年5月9日听到王元化先生噩耗时，虽不无精神准备，仍怆神久久。夜读掩卷，细数自1988年与先生相识后，每去上海，必往聆教，二十年间先生新见迭出，是一息尚存，反思精进不止。熄灯冥想，似尤见先生双眸炯炯，听先生侃然而谈，出口成文，偶有语病，必纠正之，由此言谈习惯，可见学风之严谨也。

先生欣赏的人，都是有一点个性和趣味的，多年来，身边有不少学者朋友，如高莽、蓝英年、李慎之、王得后、赵园、章诒和、钱理群等，都是在一些领域多有建树的。他对于民间学者，亦颇为尊重，和朱正、林贤治、丁东等人的交往，也有不同的思想碰撞。那本与朱正一起编写的《重读鲁迅》，一些解析鲁迅文本的文字，卓荦通灵，细读中的智慧，以及思想表达的清澈，毫不亚于吃鲁迅饭的人。

邵燕祥早年写诗，作品在明快中略有忧郁的调子。五十年代曾被人关注，七十年代末，其写作有过井喷期。因为朦胧诗出现，他的诗作显得滞后，不太被青年注意。但他在杂文中找到了个体生命的表达方式。那些时文，因为针砭时弊，每每有鲁迅之风在，多被人看成良心之作。他的读书札记和学术随笔，与一般作家不同。这些随笔，韵致直逼唐弢、黄裳那样的杂家，有时候文笔颇带儒风，不同的是有野外霜天的爽意。《夜读抄·管窥＜管锥编＞》云：

> 钱锺书《管锥编》，人们都知道是学术专著，旁征博引，豁然贯通，高屋建瓴，洞烛幽微，确是学养深厚，非常人所能企及。
>
> 其《一四五，全晋文卷一一一》中论到《文选》眼光时说："昭明《文选》于陶（渊明）文只录此《（归去来）辞》，亦征具眼：人每讥昭明之不解《闲情赋》而未尝称其能赏《归去来》，又记过而不录功，世态之常矣。"一句"记过而不录功"，抵得世人评说功过千万语，岂仅太子萧统可以无憾了呢。
>
> 其《一四七，全晋文卷一一三》，末句"强词终难夺理"，发人遐想。倘有人于古今文论或政论中集纳"强词夺理"若干则，对照其终于不能夺理的史实，或当大有益于世道人心。

这样的文字很多，是其杂感中最为特别的部分。虽然都是读书笔记，但趣味不都是雅态的悠然，而是有精神的拷问。思想者的情趣历历在目。邵燕祥的随感，古今对话的时候居多，由微致广，往来自如，直指问题核心，且幽思缭绕，有爱意于斯。他借古喻今，又能以今释古。有时候带有《日知录》的笔意，从历史深处打捞被遗忘的旧迹，那些沉睡的灵思被一一召唤出来。这样的时候，显出他读人之深，敏于辞章，通乎世道，真的是"凛凛有清介气"。

邵燕祥的学问还体现在他的旧诗的写作上。他与杨宪益、黄苗子的打油诗，多自嘲、游戏之作，神思涌动，纵横曲折，俗词翻成雅意，谐语亦见忧患。其间不乏鲁迅夫子的旷远之思，又含聂绀弩的奇气。有时候暗用典故，隐语中幽思种种。他与友人唱和，偶有戏谑之语，但回转间，奇韵顿生。而追思前辈学人的诗句，亦有一丝民国文人趣味。那首《为台北叶国威先生题所藏俞平伯手书诗卷》，就很有深意：

> 旧时月色去无哗，瞬息沧桑忆故家。
> 再走老君堂外路，安能重见马缨花？

这一首诗是从俞平伯几十年前旧作中点化而来的，俞先生的原诗是：

> 先人书室我移家，憔悴新来改鬓华。
> 屋角斜晖应似旧，隔墙犹见马缨花。

对比两诗，都有寄托，而邵先生的内觉，打通两个时代的壁垒，看似简约，却含有史的意味，深的隐喻也是有的。他的作品对陈寅恪、张中行等前辈多有誉词，一些诗文也呼应了他们的思想，读其文字，对于学人的敬意，溢满纸上。今天的作家，能如此泼墨为诗者，已经不多了。

邵先生虽有许多学界的朋友，但对于现今的大学的风气，他是有微词的。他曾对我说，你们写论文，常常想把话说满、说圆，反而没有余地了。想起来，这是一种善意的提醒吧。邵先生的笔墨之趣里，是没有这样的痼疾的。学院派里的八股文过多，文字不及有学问的作家好看。此已积弊甚久，而今余风愈烈。每读先生之文，便觉这才是知识人应有的表达，可惜我们这些俗人少的就是这样的风骨。不迷信于概念，超越知识论的场域，便会灵思飞扬。这是一个好的传统，凡走此路者，会多有建树的。证之于当代文坛，聂绀弩如此，汪曾祺如此，邵燕祥亦复如此。

　　　　　　　　　　　　　2020年8月3日邵先生火化之日

旧信重读

　　我认识邵燕祥先生，是林凯兄介绍的。记不清楚什么时候，在哪里第一次见到他。邵先生不太像北方人，他虽然出生于北京，但还是像江南文人，沉静而内敛，谈天的时候，不紧不慢，是标准的北京话，却没有油滑的调子。也许是知道我父亲的遭遇，他与我的交流有许多共同的兴趣点，我看见他，好像早就相识一般。

　　通过邵先生，我还结识了许多杂文家和诗人，发现他和众人都不太一样。他很聪慧，阅读面广，晚年的笔记大有古风，但也警惕陷入士大夫趣味，每每不忘情于历史暗影与人间百态，反讽的文字带有锋芒。所以，他往往放弃诗人的雅态，以斗士的方式与世界周旋。我读他的文字，觉得是有一种沧桑感的，左翼的痕迹与京派的遗风都有，显得比同代诗人要繁复一些。大约1996年，有感于邵先生的杂文创作，我写了一篇评论文章《从杂感的诗到诗的杂感》，登在《当代作家评论》上。他看了我的文章，回信说道：

孙郁兄:

　　我又重读了《诗，杂感》一文，多谢你那么认真地剖析我的思路……

　　当我回过头看我的一些诗时，我是感到一派苍凉的。你用苍凉二字，大约可以说是切中要害了。我也总是像鲁迅之于《药》结尾处坟上点缀花环的用意，力求装点些亮色的，尽管如此，似亦难掩刻骨的悲观，我怕这种悲观感染读者，尤其是对世界、对人生充满翘望的青少年，所以我还是把自己的悲观从消沉退后拉扯到积极方面来——先是有所为，有所不为，然后继之以"知其不可而为之"，亦即只问耕耘不问收获了。对自己可以唱些楚狂接舆之歌，对年轻的来者，仍愿奉献我由衷的祝福。

　　这是形而上的层面。至于日常，我已是"万人如海一身藏"，你看我写的《我的角色》一文（我最称职的是作小外孙女的外公，即此也是作她外婆和父母的第三、第四助手），可知，心态殆无异于街头下棋的老退休工人，只是尚无他们的棋艺和淡定闲情耳。

　　兄文中对我多所肯定之处，令人深深不安。本世纪末的中国，即杂文界亦还是阵容颇壮的，老辈如冯英子、何满子、曾彦修，同辈的如朱正、四益、得后、蓝翎、牧惠，更年轻的鄢烈山、刘洪波、赵牧、丁东、谢泳，近年崭露头角，峥嵘远过于我。正因如此，才使我们胆气两壮，有异于鲁迅"两间余一卒"的彷徨了。

随手写来，不假思索，聊代谈心。匆祝夏安

燕祥

九七年六月二日

我六月四日去武汉转三峡一游。又及

　　信中没有一点客气，看得出，我的文字勾起了他的回忆，答复中也有纠正我观点的意思。他写得很认真，所谈的内容也颇为广泛，诚意溢于字里行间。鲁迅对他的影响是深的，以至行文都有一点相近。他说出自己与鲁迅内心相知的一面，也道出彼此的差异。在他看来，鲁迅是一个人面对世界，而他们这代人是有一个团队的，志同道合的人彼此鼓励，才有了一股批评社会的勇气。这是对的，联想到他后来与杨宪益、黄苗子之间的唱和之作，与青年朋友的同行同吟，他们其实是互相挽着手慢慢前行着的。

　　他在来信中提及的众多杂感家，都是他的朋友，差不多都有不错的文字在。有些作家，不太注意同时代人的文章，邵先生却是读的，也从中吸收一些观点。比如蓝英年的苏联研究随笔，朱正的鲁迅研究，他都喜欢。他从施蛰存、王元化、周有光、何满子那里，都获得了某些启示，彼此的交往都很真挚。我曾在《文汇报》上发表过一篇文章，谈他与学界的关系，只是篇幅太短，许多地方都来不及深谈。他以杂文的方式谈论学问与思想，有一些在象牙塔中人那里看不到的意象和思想。

　　邵先生本是诗人，晚年以杂感而闻世。之所以渐渐放弃诗歌写作，我猜想一方面是觉得落后于年轻一代，已经完成了使命。

另一方面，大概觉得作社会批评，是自己这代人的使命。他针砭时弊的文字很老到，新闻界不敢言的内容，在他笔下往往能够看到。先生也喜欢谈史，以小见大，连类比喻，妙语时出。有时用的是曲笔的手法，指东打西，出其不意，词语间泛出思想的涟漪。他的文字有诗人的直觉，看似言理，其实很有审美的快意。同代的杂感家多是就事论事，他却能够由地面跳到天空，俯瞰芸芸众生，这种超然性，将诗与思一体化了。

与他熟悉的人都有一种感觉，他对自己的评价是不高的，但对一些优秀思想者的文字，他称赞有加，不像他的社会批评文字那样冷气森森。不过他也有严肃的一面，以致一些人不敢与其接近。他在理性与人情方面，看重的是前者。这说明，他也是洁身自好的人，由此，他自己保持了一种清净之态。所以，他有时候能够不顾面子，挑战世间那些可笑之人，对于精神界的灰色之调，加以猛烈抨击。这种爱憎分明的态度，也让他树敌不少。但读者对他的喜爱，从他出版的随笔集发行的数量可见一斑。

他的朋友很多，像李锐、流沙河、王蒙、高莽、牛汉、吴祖光、杨宪益、丁聪、汪曾祺、林斤澜，其中不乏有学问的诗人。比如他与赵瑞蕻、蔡其矫的关系，都很有意思。1982年，赵瑞蕻出版了《鲁迅＜摩罗诗力说＞注释·今译·解说》，寄给了他一册。这是一本后来很有影响的书，赵先生的才华于此熠熠闪光。他们谈诗，谈翻译，看得出关系不浅。那封信写道：

燕祥同志：

书出版了，特寄上一册，请指正。此书先后搞了几年，还有些差错，不满意的地方。

我前几天才从无锡太湖饭店开完全国法国文学学术会议回来。在会上发了一篇介绍法国象征派韩波（Rimbaud）的代表作《沉睡的船》的译作。等改好后寄给陈敬容同志看看，再转给《诗刊》，作为投稿。

杨苡和我的那二首诗发表后，如读者有什么意见，请告诉我们吧。

《梅雨潭的新绿》已付排了，希望秋间能出版。等出来后，一定请你写点东西评介。

你本月起一定忙起来了，每天都上班了吧？

握手，热烈地！

瑞蕻

1982年7月4日

你讲话录音带等小闹放假回京时拿来吧

杨苡附笔问好。又及

因一本研究鲁迅的诗学的书，引出的话题如此之多。书中所介绍的诗人，也是影响过他的。邵燕祥知道中国诗人与域外诗人的距离，也明白自己此时该做些什么。他在《诗刊》工作的几年，做了许多常人不能做的工作。八十年代诗歌的活跃，与翻译家的努力不无关系。邵燕祥意识到赵瑞蕻学术工作的价值，这些已经为诗界打开了窗户，起到了非同小可的作用。在内心深处，重返鲁迅思想的原点，也是他们那个时候共同的看法。

一直希望能够有人好好写写他，关于四十年代的诗，五六十年代的风云，干校岁月以及《诗刊》编辑部的工作，均可丰富文学史的一些话题。他的诗作，与艾青还有距离，后起的舒婷、北岛，也比他更有质感。但论杂感，他在当代却是一流的，鲁迅之后，能够切入时代深处的文本不多，他与聂绀弩，算是其间的佼佼者。他们的众多随感，像夤夜里的微火，照出世间的旧影，遇之殊难，错过了，便不易再见到。

邵先生是一个相当幽默的人，他喜欢说各种苏联笑话，对于民国知识人的遗事亦有不少心得。他的杂文在旁人看来有些过于正经，其实内中埋伏着许多笑料。这种讽刺笔法，存有他的智慧。有一段时间，章诒和不定期请大家聚餐，地点一般都在大董烤鸭店。邵燕祥、张思之、钱理群、王得后、赵园、王培元一般也都在。交流中，当众人眉飞色舞、谈兴正浓时，他会忽然插一句话，总结众人的观点，声音不大，却很滑稽，常常引起一屋人捧腹大笑。

大约1999年，我与邵先生、蓝英年等一起去过一次内蒙古。那次旅游十分开心，也结识了许多新朋友。过了黄河，便是茫茫草原，望长空几只飞雁，心绪都被拽得很远。邵先生似乎也有了诗性，一路上发了许多感慨。夜里，我们三人睡在一个蒙古包里，聊天到很晚的时候才睡。我与邵先生都打呼噜，蓝先生一夜没有睡好。邵先生早晨自嘲说："孙郁的呼噜是车轮声，我的呼噜是鬼吹灯声，一个是不管不顾的，一个是干坏事的。"三人大笑。邵先生的幽默，是带一丝士风的，我记得刘半农也曾有类似自讽的话。如此说来，也是京派的一种传统吧。现在想来，内蒙古之行时，我们的身体都很好，精力充沛。时光真的很快，一晃，二十余年过去了。

2022年11月26日

神居胸臆

我最初编报纸副刊时，没有什么经验。偶然读到孙犁写过的关于编辑的心得，像得到了一次函授，明白了一些道理。我周围的新老朋友中，喜欢孙犁的有很多，如姜德明、卫建民，长年与先生通信，已经成了文坛佳话。经常给我们副刊写文章的刘绍棠、从维熙就是得到孙犁的帮助而成长起来的。有时候，从他们的文字间，看见孙犁的影子，关于这位老作家的故事，也知道了许多。

孙犁去世后，我曾到天津拜访过他的儿子，希望其将先生的藏书捐到鲁迅博物馆。我那时候已经调到博物馆，因为知道孙犁的书多是按照鲁迅书账目录购买的，且还有《书衣文录》在，是有很高的文物价值的。可惜因为种种原因，未能如愿。后来我调入大学工作，此事就没有再进行下去。也不知道先生的藏品目录，现在整理出来了没有。

这些年间，有不少人在梳理孙犁的史料，说明他的影响力日益扩大，被许多人学习、研究。他的书和别人的不太一样，读过几句，心就会静下来，像一片安宁的湖。这样的时候，也想写一点读后感之类的文字，却因为一手的文献有限，许多题目不敢去碰。有的作家，读其文已经知道大半，没有想去深入了解的欲望，孙犁却不是这样，读其文，想见其人，有寻觅与文字相关的什物的冲动。我想，大凡喜读其作品的人，多少也有类似的感觉。

孙犁生前，身边有一些青年朋友，他们彼此的交往，都很纯粹。他们的通信，没有什么套话，都是推心置腹之言。他的性格有点孤僻，在外人看来，接近起来并不容易。但读过一些友人的回忆录，发现他是一个很可亲的老人，他在世情面前，泾渭分明。他有时候看似有点偏执，但其内心其实有一盆火。不近情理的人有时是最通情理的，格局虽然受到影响，而思想是深的。

最近一个时期，研究孙犁的书，许多是他生前的小友所著。段华的《孙犁年谱》，宋曙光主编的"我与孙犁"丛书，都是不可多得的出版物。当年的小友，多已经进入老年，所忆所感，在斑斓的画面外，不乏沧桑之感。这些人都与孙犁有笔墨之交，有的是同事，有的为读者，有的则是他的作品的编辑。天津人民出版社的"我与孙犁"丛书收有五位作者的书：谢大光《孙犁教我当编辑》，肖复兴《清风犁破三千纸》，宋曙光《忆前辈孙犁》，冉淮舟《欣慰的回顾》，卫建民《耕堂文见集》。这些作品提供了认识先生的一手资料。一个作家离开世间二十多年，还有如此多的人怀之念之，说明了有一种引力在，这引力穿越了时空，吸引了数代人。孙犁没有汪曾祺那么悠然，也无张中行那样的哲思气，但他的冷峻和忧郁里的悟性，成就了另一种风格的诗文，与同代人不同的是，他保持了战士的本色。这种独特性，在当代文学中并不多见。

　　读孙犁书信与他的一些小友的回忆文字，旧影历历在目，觉得先生是一面镜子。对照它，便看出人性的深浅来。肖复兴在上世纪九十年代与孙犁通信，孙犁信中所涉时风、创作、学问诸事，都语带真意，所言所感，颇有古风。肖复兴说他与柳宗元有几分相近，是有些道理的。柳宗元相较于韩愈的可爱之处，是能从细处体味生命，不装腔作势徒作空泛文章。而那时候的文坛，充塞浮躁之音，争名于朝，渔利在市，如今思来，彼时显赫的存在，多已灰飞烟灭，几无踪影。倒是在文坛边上的孙犁的片言只语，还被人记着。我在他与卫建民的通信里，也看到心绪的浩茫之状，他谈历史，言读书，都是冷视角，又不以导师自居，在一些地方令人想起鲁迅与青年交往的情形，真真是清风朗月一般。

　　我们说孙犁是一面镜子，还因为他对工作的执着。宋曙光回忆《天津日报·文艺周刊》的历史，能够感到孙犁的用心和智慧。先生办报，有一股文气，但又非旧式京派副刊的绅士气味，而是流动着泥土气的。他熟读鲁迅，也由此接触野史笔记，偶也浏览域外作品，便知道一个报人要输送什么，拒绝什么。既聚焦时代，又回望历史，于是版面上常有率性之文、博雅之音。五十年代，他就扶植了一批新人。七十年代末他重办《文艺周刊》时，策划选题，介绍作者，都显出不寻常的眼光。他对于新潮的东西有时候不以为然，从谢大光、冉淮舟等人的文字里，我们能知道在文坛风雨中，一个真人的风骨。在功利主义泛滥的时期，《文艺周刊》保持了一股安静之气，实属难得。我觉得，对于八十年代前后的报纸副刊，应做一点系统梳理，这期间，《天津日报》副刊的分量，是不可忽视的。

　　与孙犁一同从旧社会走来的一些作家，后来都只是定格在往岁的经纬中，不再进步了，但他的精神却一直在成长。因为厌倦了单一思维，他便从前人那里得到启示，在古今中外的诗文里寻找思想之光。于旧书中浸泡久了，落笔也染有苍凉之气，句子简约，驳杂多趣，郁然有彩。辞章里的思想的维度增多，也知道身边流行的东西，多为泡沫，不过是过眼烟云。他与小友们交流，坦言己身的感受，不以人爱之而爱之，弗因世苦之而苦之。他笑看沧海，独立滩头，可谓是风雨难动的有定力的人。

　　由此，他也成了文坛少见的寻路者。但这寻路，不是追风，而是以退为进。生命哲学里有许多逆世的东西，比如辞章方面，同代人以新为荣，而他则回到传统的文脉里。六朝的短札，唐人的散论，宋人的笔记，都在他的笔端有所折射。得颜之推《颜氏家训》之味，有白居易《与元九书》之音，陆龟蒙《野庙碑》式的小品和罗隐的《英雄之言》风格，也是有的。这些文体有别，指向不一，虽不及周氏兄弟通透，而灵思灿然。古人气脉，在他那里渐成新调，能写意，多素描，善议论，词语在流转中百态顿显。此类本领，新文学家多已丧失。采撷古人异彩的时候，也剔去了士大夫气，其短篇之作反而有了新鲜的味道。

　　《文心雕龙》说一个人的文章好，其中一个原因是"神居胸臆"。这"神"当包括神思、神理、神采吧。它们有时散在别处，在静默中方可得之。西洋人有一种修炼叫"神操"，乃提升自我心灵的功课，一般是在省察、默想、默观中进行。中国人多没有宗教观，而像曹雪芹、鲁迅等人的文字有几分这类的神气，他们勘破俗界，由明见暗，精神是高远的。细想一下，孙犁亦略带此风，他在喧闹的世间，辟出一块无声的园地，让飞动的思绪起舞着。文字仿佛冬夜的微火，引人到有光亮的地方去。这是一个常人不及的境界，大凡有此境界者，则物我两忘，似乎是一箭远逝，离离如星辰之行。我们追之而难及之，唯有体味、感慨而已。

2022年8月16日

昆曲小识

　　我来京工作后，才第一次在剧院接触了昆曲。大概是二十世纪八十年代末，记得是在中山公园礼堂，洪雪飞演的折子戏《断桥》，缓缓的旋律中，音旨微婉，人好像被引入古人的画中。此前在电影里看过一次昆剧《十五贯》，印象深的是故事，而舞与曲，都不太懂，只觉得是南方人的雅调。这类旧戏，是古风的一种，要欣赏它的美，需要有个慢慢的适应过程。

　　我们这代人，多是因为看了电影《十五贯》才开始知道昆曲艺术的。说起《十五贯》，不能不提黄源先生。他对此剧的推广，功莫大焉。我和黄先生有过一点接触，但对于他的了解很浅。1991年筹备鲁迅纪念会，黄源先生从杭州来京，忙于会务的我，趁机向他请教过几个问题。因为那时候正是思想活跃的年代，黄源被视为老派人物，青年人与他有点隔膜。那次会议后，我和他的交往很少。最初对他的了解，十分模糊，只知道他除了与鲁迅关系较好外，最大的功绩是在五十年代救活了昆曲。黄先生去世后，我很后悔没有和他多接触一些，我曾到杭州见到了他的老伴巴一熔，想为鲁迅博物馆征集黄先生的遗稿。在这个过程中，我看了许多旧物，先生的生平才清楚起来。

我的同事张一帆来自杭州，有一次聊起昆曲，席间谈到了黄源，没想到他对老先生了解很深。张一帆是戏剧研究专家，也很熟悉舞台，且深味艺林掌故，仿佛是为戏剧而生的人。他的课很受学生欢迎，大概也是浑身有戏的缘故。近日读到他的新作《一出戏怎样救活了一个剧种：昆剧＜十五贯＞改编演出始末》，忽让我想起诸多往事，过去一些模糊的片段渐渐清晰了。这是一本有趣的书，围绕《十五贯》诞生的前前后后，写活了梨园里的一段历史。此书关于黄源的部分，颇为难得，彼时的政治环境与文化生态都在变化，在缝隙中，黄源嗅出了时代的另一种气味，看到了戏剧改革的可能，便做了件惊动文坛的大事。

昆曲这门古老的艺术，到了民国期间，就已经衰微，张中行《韩世昌》一文，就描写过当年北平昆剧演出过程的清冷之景。喜欢这个剧种的，总还是少数。新文学中人，欣赏昆曲的有多位，叶圣陶、顾随都对于这古老的艺术很熟悉，拍曲之乐，与文字之趣是相互交织着的。这种趣味也说明，士大夫的遗风与大众之心，总有些距离。不过，民间的情况则是另一个样子，看张一帆的书才知道，在知识群落之外，流浪中的艺术家曾以顽强的方式支撑着昆曲。民国时，朱国梁与国风社在风雨飘摇之日，起旧音于新时，使昆腔活了起来。齐如山曾叹昆曲的衰落与创新不够有关，但我们看朱国梁与国风社的选择，是有烟火气的，且又保持了古老艺术的基本品质。虽然在"跑码头"中消耗了诸多精力，但他也深知百姓需要什么，知道自己的使命在哪里。在动荡年代还能不忘责任，歌舞中也多感时忧世之思。昆曲本是雅的艺术，但朱国梁却使其再现了活力，诗文妙意与世间冷暖悉存，难怪黄源第一次看到《十五贯》便被吸引，在古老的笛声里真能听出今人的心跳，那是让人感动的。

1950年，黄源任华东军政委员会文化部副部长，五年后任浙江文化局局长。他开始注意昆剧《十五贯》，是在1955年年底。作为鲁迅的学生，他不仅译过大量域外文学作品，对国故也有颇多兴趣。他知道，江南丰富的戏剧遗产，可利用者多多，以何种方式激活旧的艺术，是有学问的。张一帆梳理《十五贯》的出现与昆剧的复活，不仅还原了一段历史，也礼赞了黄源等人推陈出新的精神，其中史料中的风景不乏美学亮点。从剧本演变过程和大众接受史，可以看出经典传播的不易。黄源为推出昆剧新作不遗余力，也由于他，一个地方院团的作品，遂红遍了天下。

先前的昆曲是士大夫的梦幻，有点像江南园林，石径缠风，水木泛光。顺着那些形影，当可感受到浮世之彩、真幻之声。吴梅先生的研究，让我们知道了昆曲的要义，他的弟子韩世昌将曲与剧完美结合，出出进进中，复活了某些音律。这期间有许多人物值得感念，如俞振飞先生就在创作中，风情种种，在沿月踏风中再现了古诗境界。他因为《十五贯》的成功而对昆曲的发展有了信心，在后来的普及与提高中，给艺林带来不少美谈。与俞振飞这样的艺术家不同，近来有的作家对于昆曲也颇多感情，白先勇倾力打造《牡丹亭》，有别样的寄托，小说家借着丝竹之音，追溯着故国之情，意义已经溢出了梨园，在复兴旧戏的情思中，保留了艺林的一湾清纯。

一个古老剧种能因一出剧而复活，在戏剧史里可谓佳话。张一帆认为要从天时与地利、人和中看艺术在文化生态中的变化，这是对的。入此径者，当有悟道之乐。五四之后，新文化冲击了某些传统，许多老艺术渐渐退出舞台。但一些真正的新文化人，对于古老的遗存，不都是无视的。田汉话剧写作中的京剧元素，老舍对于戏曲形式的借用，曹禺笔下的梨园旧影，都颇有意味。而像郑振铎、阿英对于旧遗产的保护，都非彼时的遗老遗少可比。他们在一个大时代，以新文化精神，唤出被掩埋的世界里的精魂，也丰富了艺术的语境。新文学作家与旧戏的关系，说起来可以写一本厚厚的书。白先勇的选择，当不是最后的遗响，相信这条路上的人，总会不断的。

在新文学作家中，对于昆曲体味最深的，大概是俞平伯。俞先生是懂得曲学的，他关于昆曲的理解，也带有五四新文化人的视角，言及元曲与近代昆剧，都有贴心之论。先生之于昆曲，仿佛也像赏析古文，注重的是其间滋味。与黄源这种革命者相比，他的文字过于安静。他既肯定《十五贯》的创新，也有保留意见，以为有些删改伤了元气。在新旧之间，他旧的成分要多一点。相比起来，俞平伯更欣赏俞振飞的气质，彼此的相知，从他的《＜振飞曲谱＞序》中可见一二。

但俞先生的自我吟哦，知音能有多少，确是一个问题。常看到一些文章谈及那代人的拍曲之趣，觉得是象牙塔中的高贵，与人间苦乐渐远。细想一下，那些亭台与书房间的雅音普及起来殊难，昆曲的寂寞也是自然的。看了张一帆的研究，更喜欢的是朱国梁这种在苦水里泡过、在风中穿过的艺人。辗转于危难中，他们对苍生有彻骨的体验，他们于古音得到元气，在现实里呼应了传统，身体的热度辐射到了广大的世间。《十五贯》这样的精品当年走红，仰仗的就是艺术家们的慧能与执着的审美理想。朱国梁遇到黄源，乃一幸也。黄源深味了时代精神，助力激活了古老的遗产，亦一幸也。说到根本，他们都站在古今的连接点上，又站在大众的一边，大众的土壤深，艺术之树就绿了。

2021年8月25日

诗眼近天心

　　年轻的时候听张中行谈天，知道了不少旧事。有一次我去先生家取稿，废名的儿子刚起身离开。张先生说，废名的文章好，后人不易学到那套本领。还有一个人的文章也有意思，可惜今人不知道他了。于是说起他的友人南星。张先生认为南星与废名都有学问，辞章却另辟一路，言外之意值得一观。谈话中，也为南星后半生的寂寞，颇感遗憾。

　　回想起来，我曾经在副刊上编过张先生《螳螂》一文，那文章就涉及南星。这篇文章由南星在上个世纪四十年代的一本书《松堂集》引起联想，对于这位老友作品的"草叶中见生意，秋波一转中见天心"，说了些赞赏的话。那时候京派作家写花鸟草虫，有点人类学的雅趣，"苦雨斋"群落里的人，多染有此风。而南星写草木、飞虫、野风，则是外于人世间的另一种笔墨，儒生的绅士调消失了。那时候对南星有兴趣的，也只限于少数人。后来姜德明先生看了《螳螂》一文，从藏书家的角度写过他，还向张中行先生询问过南星的形迹。这样的作家沉入时光深处，与世风也有关系吧。张中行念念不忘南星，可能因了那文章的奇和生活方式的奇。南星不入尘风，自造一个世界，却毫无乏味之感，他将京派散文由博雅的杂趣转向单纯、静谧的内在性冷思，内中的因由大可琢磨。

许多年来，南星的作品未得入目，我并不了解这位远去的老人。直到最近看到吴佳骏编辑的南星作品全集《寂寞的灵魂》，才知道张中行为什么说他是活在梦境中的人。如此沉静、单纯，而又敏感的文字，的确带有远离烟火气的空蒙感。他的作品受西方散文影响很深，但又无翻译腔，是典型的北京新文人的低语，带出现代性的忧郁，痛楚和无法行路的不安几乎无所不在。早期冰心的短文，俞平伯的笔调，有过类似的声音，但似乎不像他那么余音袅袅，绕梁不去。他喜欢的作家，大约也带着类似味道，像泰戈尔的现代诗，劳伦斯的句子，以及小泉八云的文笔，无不刺激了他的思考。从文章里看出，他平时与人交往甚少，仿佛有一点自闭的样子，而内心有浩荡之风。不知道他的阅读趣味在什么范围之内，不过他留下的文章透出一丝痕迹，他欣赏的是路易士、金克木、张中行等少数人。这些出入书斋而又有个性的作者，都吸引他聆听、思考，在词语的锤炼里拷问着古都的什物，好像那些神秘的、不可思议的影子与味道，都有着可以凝视的意义。而生命的趣处，大抵就在一种凝视和猜想中。

南星的诗与散文，在韵致上是一致的，都不在广阔的天地间，不过是对庭院、桃林、秋光、雨雪的描述与体悟。故事是稀少的，也看不到时代的清晰的痕迹。所表达的不过"寂寞让时间停止"

的意象，自然界里的生命之轻，陌生人的声音里的暗语，无法辨认的辨认，却藏着诸多道理。他写作不是像一般京派作家有"望道"的渴望，他很少在文字里表达确切的思想，而是体味万物的滋味，于自然中悟出隐涵。那些都只可感觉，难成概念，像涌动的海潮，告诉我们唯有独处的时候，才感觉到别一世界的他人，还有远方数不清的存在。这些文字格局都不太大，意境也无宏阔之处，而精神却是辽远的。

新文学出现后，作家要承载的道理很多，映照的存在很多，但南星卸下了一切，回到自己的世界里。他的文字追求的是自然伦理的表达，不仅摈弃了旧文人意味，连新文学作家的说教气也摈弃了。我们在废名那里嗅出中古的冷风，还有五祖寺的淡淡香火味儿，从冯至笔下看到远行于异邦的清俊之影，内中是里尔克式的忧伤。南星似乎永远都在自己院子里，对着古树发愣，面对春花提问，侧耳听时，风语与轮声悠悠，从眼前掠过，有无量的悲楚流出。叹世间茫茫，人生倏忽，灯下吟哦里，方知辽远的神秘也在脚下，时光流逝中，唯春秋之迹才是欲寻之物。

读南星的文章，感到生命的内觉的丰饶。他善于发现常人忽略的东西，比如他写声音，就是不同于常人的，欣赏的不是嘈杂的市井的调子，也非茶舍的私语，而是旷野里的那些飘忽的、带着碰撞的微鸣。《骡车》写碾过冰雪和沙地的车轮的震动，冷路的辛苦让他对行路者顿生怜意。而丰收时车子发出的声音，似乎有了笑意，这时候的作者也有了开心的一乐。而对于节气的描述，也多见神笔，《冬天》一文，对于温度的描写是细微而带肌肤之感的。这篇文章先写灰白色而纯净的天空，然后写树上久已变色的叶子，"必须经过很长的时间才能听得见一声麻雀的鸣叫，一丛树枝的窸窣，轻细而隐约。另外是烟和水气冲入天空的声音，这需要深切的听觉上的注意"。《来客》写各种飞虫，精到之处多多，各种叫不出名字的飞虫，给寂寞的自己带来的不是厌烦，而是深思，能够与那些非我族类的生命对话，岂不快活？《更夫》写夜行者的世界，有非人间的人间性，作者的哲学也依稀可见：

> 他得以看到世界的另样的形容，夜的虫声或鸟声，星光或月光，草的或露珠的气味，将给他以各种感觉上的幸福。夜仿佛是一个宝库，其中密藏的许多我所不熟悉的东西。当雨雪来访问时，我们有时竟完全不知道，只有更夫毫不耽误地会见了他们。

如此钟情于未知世界的阴晴冷暖，不在乎文字是否取悦于人，就形成了自己鲜明的个性。他自己是翻译家，对于域外文学自有心解。中国散文一向在布道的路上，有时候带出自然山水，不过是逃到其间舒缓都市里的烦恼。那结果是借着自然的力，拽自己到微茫的地方去，却与花鸟草虫内在的世界无涉。南星似乎觉得，与其将尘世的功利心带到自然，不如拒绝一切杂念而赤诚地面对万类霜天。人本来可以与自然对话，理解自然，而可惜误入另一条道路。英国的散文家露加斯是他喜欢的人，他形容这位逆反的写作者，将尘世漠视的存在作为认知的对象，每每悟出妙趣。《谈露加斯》一文写道：

他的天才让他从黄昏中发现光辉，从枯燥的颜色中发现美，用独有的见识去观察一件东西而与之造成新的关系。人们赞美伟丽的新建筑，而他爱素朴的古城；人们舍弃了不合时的东西，而他珍视它们，因为它们也曾有用过，甚至有新东西所不及之点。

这一段话仿佛也是在说他自己。将此语作为其作品的注解，再恰当不过。京派作家善于与流行的审美保持距离，自造一个诗意的王国。南星的写作大概也快意于和时风的对立，那就不免题材单一，有时也多意念与诗境上的重复。不过细读他的作品，引人快意的地方随处可感，重要的是因诗眼而近天心，所得呢，自然非他人都能悟到。非常之态中有平常之心，就远离了民国乱世的嘈杂，这在今天看，也是难能可贵的。

2023年11月15日

苍茫之间

　　象牙塔里的学者，有许多是文章家，只是兴趣不集中在散文写作里，他们自己被种种知识缠绕，一些审美的感受是被抑制了的。不过今天的情况发生了变化，许多学者开始从事创作，且成了一个现象。他们放下学院派的架子，也非布道者的样子，自如地写着，说着，世人称之为学者之文，意在与一般作品作区别，这是有道理的。

　　陶长坤是我的师兄，年轻时本来想做一名作家，各种缘由却走上了学术之路。他研究现代文学，写过多本专著，但也不忘创作，出版过小说，现在又要推出自己的散文集，可见是诸体兼备，是很全面的写作者。师兄的简历很有意思，出生于山东，曾就读于华东师大，赶上"文革"，离校后去了大兴安岭。十年风雨过去，考入辽宁大学，随高擎洲先生读研究生，毕业便到内蒙古教书，一待就是几十年。观他的文字，浓彩大墨有之，精神独白亦多，气象上带着蒙古高原的某些意味。他在晚年回忆自己的过去，苍茫间留着悲悯，阅尽人间冷热的时候，见识通达。我在其文本里很少看见书斋里的呆气。他迷恋大自然，喜欢艺术，对于世间的看法，有一种儒者敦厚之感。我们常说文如其人，陶兄和蔼的样子，也注解了他的书写风格。

我与陶兄只见过几面，加之地域之隔，交往不多。他研究生毕业后，我才成为高擎洲先生的学生，虽说属于同门，但对于他的经历很是模糊。读这本书，了解了他过去的点点滴滴。比如他在上海的求学，曲曲折折中，嗅出特定年代的气味。大兴安岭的十余年岁月，冰天雪地里的人影与风声，涵养了其生命意志。无边的林海雪原，足迹未尝没有血印，那些关于林地、风声、旷野的片段，以及冰路的曲折之迹，都让人感到神奇。长期面对荆棘丛生的世界，杜甫式的忧思是有的，以致行文藏有某些冷思。我想，他能以持久的毅力面对各种挑战，肯定是经历了磨难所练就的。

出生在乡下的陶兄，敏于人间冷暖，故土的谣俗也影响了他自己。他的早期记忆与莫言有重叠的地方，看他笔下的山东故土，乡下的生生死死，又那么凄婉惆怅。只是他没有莫言魔幻的感觉，文本依然带着民国乡土文学的忧伤。陶兄这代人，坎坎坷坷中，不失寻梦的热情，所历所思，带出的是历史的光影，温和的气息里，也能感到难言之隐。知道该珍惜什么，拒绝什么，所以，说他沿着五四那代人的路不停地前行，也是对的。

因了五四的背景，他的精神是不断敞开的，对于不同风格的艺术，都能较客观对待，思想又不安于单一，喜欢吸收鲜活的思想。他写欧洲所感，没有一般老人的迟钝，而是带着跳跃的灵思。

那篇关于莎士比亚的文章，就看得出审美的宽度，是深谙文学史的人才有的感叹。而关于华兹华斯译作的点评，也属于精于创作奥秘的专家之谈，批评家的尺度很是到位。古今中外的文学，凡能入心、入神、入眼者，悉能催出新绿。历史上精神有弹性的人，多是这样的。他读风景，也读人，在诸多文章中，看出他没有被教授的职业所限，收放之间，快意也在其中。

在众多文章里，他对于曹雪芹、鲁迅情感最深，以为是自己写作的引领者。但他的文字，却是另一种风格，有些地方让人想起创造社青年的书写，感伤与柔情俱在。我想作者之所以选择现代文学作为一生研究的对象，也与精神重叠是大有关系的。他的散文，感情浓烈，不掩饰自己的喜怒，有时候他笔下的画面，让人觉得是被热情染过的。他引用郭沫若与徐志摩的句子，自己的语境也与那氛围颇为接近，从章法看，姿态保留着青年式的热情。我觉得这也是他生活的态度，不消极地面世，爱身边的自然与人，顾影自怜就不易见到了。

当代人写作，有时候被俗音所扰，顾忌的地方很多。透明的文章，不是人人可以写出，而修养的不足，也抑制了审美的表达。白话文本来就是从文言文中脱出，或者说是民间表达的经验外化。但后来失去趣味，越发单薄化了。陶兄在无趣味的地方，要寻觅的是童真的诗意，每每在自然与历史中，得通灵之径。我觉得他是一个用心的观察家，田野之绿得之笔端，便有春的气；*潺潺流*水溅入辞章，泥土之气就扑面而来；于寂寞中听远远的雷声，在奔波中得闲雅之趣，于是就意绪起伏，峰回路转。陶兄喜欢的大概是这种动感的文章。

不错，人到老年，易滑入暮气之中，一是纠缠于单一语境里的恩怨，一是陷入与世隔绝的自闭里。我看到一些老干部体的文字，觉得是枯燥的游戏，丰润的表达甚少，是不鲜活的。老年的文章，大凡出色的，都有一种逆俗的意蕴。季羡林是丰赡闲远，王蒙是热气蒸腾，都有不同的审美风致。陶兄不走京派老道之路，也非浪漫之舞，而是葆有童心，对于世界睁着好奇的双眼。这在我看来，是他的乐天精神使然。夕阳的美在于没有垂暮的悲哀，虽然路途已短，却依然灿烂。孔子说，乐以忘忧，不知老之将至云尔，那是何等豁达的境界。

现在年轻一代，对于前人所历，未必了解。他们有时把远去的人与事，想得十分单一，不知道生命的多样性。教科书所载的内容，还不能够覆盖人间的所有。每个人的经验都不会重复，个人有个人的路，看那长长的足迹，刻着多样的我们未知的形影。在这个意义上说，陶兄所述，都是亲历的经验的一种，没有欺世的妄念。人生的意义在于不断发现我们忽略的东西，在没有风景的地方创造风景。如是，我们便不再被无趣所裹挟，也因之而笑对人间的一切。

2021年6月26日

草木形影

　　从前在博物馆系统工作，见到不少植物标本展，曾好奇那个缤纷的世界，但因为专业的隔膜，不能说出什么道理。后来梳理鲁迅抄录的《南方草木状》《释虫小记》《领表录异》《说郛》等古籍，见花鸟草虫里的趣味，曾叹他的博物学的感觉之好。那文本明快的一面，分明染有大自然的美意，让深隐在道德话语里的超然之趣飘来，很少被人关注的传统就那么复活了。花草进入文人视野，牵动的是人情，慢慢品味，有生动的东西出来。今人汪曾祺，对此别有心解。我一直认为，汪先生是介于苏轼与周氏兄弟之间的人，能够在大地的草木间觅出诗意，对于风物岁时之美，真的很懂。作家中能够有类似修养的，一直是少见的。

　　眼前这本《古典植物园》，是让我很惊喜的书，作者汤欢是研究古代戏曲出身的青年，因为不是一个专业的，我与他平时交往很少。他写出如此丰饶、美味的书来，以文章学的眼光看，已感到它的耐人寻味。汤欢沉浸于此，不只是趣味使然，还有学术的梦想，除了一般自然名物的素描、本草之学的拾遗，也有自己独特行迹的体验。梅兰竹菊，河谷间的丛莽，本是五光十色的自然馈赠，与我们的生命不无关系。古人袒露情思，不忘寄托风土之影，已成了一个时隐时现的传统。由此去看历史与文化，自然有别样的景致。沿着这条路走下去，曾经封闭的知识之门也就打开了。

大地上的各类植物，在古人眼里一直有特别的诗意。《诗经》《楚辞》都已经显露着先人感知世界的特点。借自然风貌抒发内心之感，是审美里常见的事。但中国人之咏物、言志，逃逸现实的冲动也是有的。六朝人对本草之学的认识已经成熟，我们看阮籍、嵇康、陶渊明的文字，出离俗言的漫游，精神已经回旋于广袤的天地了。《古诗源》所载咏物之诗，散发出的是山林的真气。唐宋之人继承了六朝人的余绪，诗话间已有林间杂味。苏轼写诗作文，有"随物赋形"之说，他写山石、竹木、水草，"合于天造，厌于人意"，将审美推向了高妙之所。所以，这是古代审美的一条野径，那鲜美的气味，是提升了诗文的品位的。

汤欢是喜欢六朝之诗与苏轼之文的青年，在自然山水间，与万物凝视间，觅得诸多清خ。趣味里没有道学的东西，于繁杂的世间说出内心感言。《古典植物园》是一个让人流连忘返的世界，作者在东西方杂学间，勾勒了无数古木、花草，一些鲜活学识带着彩色的梦，流溢在词语之间。对于不同植物的打量，勤考据，重勾连，多感悟，每个题目的写法都力求变化，辞章含着温情，又不夸饰。看似是对各类植物的注疏，实则有诗学、民俗学、博物学的心得，文字处于学者笔记与作家随笔之间。汤欢有不错的学养，却不做学者调，自然谈吐里，京派文人的博雅与散淡都有，心绪的广远也看得出来。在不同植物中，寻出理路，又反观前人记述中的趣味，于类书中找到表述的参照。伶仃小草，原也有人间旧绪，士大夫之趣和民间之爱，就那么诗意地走来，汇入凝视的目光中。

花草世界围绕着我们人类，可是尘俗扰攘之间，众生对其知之甚少，有心人驻足观赏，偶从其形态、功用看，是我们生活不可须臾离开的存在。饮食、药用、相思之喻和神灵之悟，在那古老的传说里已经足以让我们生叹。还有文明的交流史，地理气候的变迁，都能够在这个园地找到认知的线索。在大千世界面前，我们当学会谦卑，拒绝人类至上主义，才会与万物和谐相处。这一本书告诉我们的，远非一般的科普图示，那些无言的杂藤、野草，暗示出来的是别一番的情思。

古人许多著述，对于今人研究博物学都是难得的参考。《淮南子》《齐民要术》《荆楚岁时记》《尔雅注疏》《本草纲目》《清稗类钞》等所载内容，都不可多得，这些也是民俗研究者喜爱的杂著，因为在儒学之外的天地，人的思想能够自如放飞，不必蹙眉瞪目，于山川、江湖间寻出超然之思。汪曾祺曾感叹吴其濬《植物名实图考长编》对于自然现象的敏感，吴氏本为进士，却不沉于为官之道，其植物图录里有许多科学的成分。这类研究与思考最为不易，需有科学理念和牺牲精神方可为之。何况又能以诗意笔触指点诸物，这是流俗间的士大夫没有的本领。

为植物写图谱，一向有不同路径，汤欢对于种种学说是留意的，但似乎最喜欢闻一多的治学方法，于音韵训诂、神话传说和社会学层面考证《诗经》名物，能够发现被士大夫词语遮蔽的东西。在那些无语的世界，有滋养人类的东西在，而发现它，也需要诗人的激情和科学的态度。我们这些平庸的文人，喜欢以诗证诗，以文证文，不免走向论证的循环，汤欢则从物的角度出发，因物说文，以实涉虚，在花花草草世界，窥见人类历史的轨迹、审美意象的流脉，澄清了种种道德话语的迷雾。

　　早有人注意到，这种博物学式的审美，也是比较文学的话题之一。这一本书提示我想了许多未曾想过的问题，知道自己过去的盲点。我特意翻阅手中的藏书，古希腊戏剧里对于诸神的描摹，常伴随各种花草、树木。阿波罗之于桂树，雅典娜与棕榈叶，都有庄重感的飘动，欧里庇德斯的剧本写到了此。弥尔顿《失乐园》描述创世记的场景，各种颜色的鸢尾、蔷薇、茉莉以及紫罗兰、风信子，被赋予了神意的光环。《圣经》里的箴言和神话中的隐语编织出辉煌的圣景，那与作者的信念底色关系甚深。我年轻时读到穆旦所译普希金诗歌，见到高加索的孤独者与山林为伍的样子，觉得思想者的世界是在绿色间流溢的。这些与古中国的文学片段也有神似的地方。诗人是笼天地之气的人，生长在大地的枝枝叶叶也有心灵的朋友。那咏物叹人的句子，将我们引向了一个远离俗谛的地方。

　　五四后的新文学作家凡驻足谣俗与民风者，不过有两条路径：一是目的在于研究，丰富对于自然的理解；二是作品里的点缀，乃审美的衣裳，别带寄托也是有的。周作人是前者的代表，汪曾祺乃后者的标志之一。独有鲁迅，介于二者之间，故气象更大，非一般文人可及。研究现代文学的人，过去是不太注意这些的。汤欢是一个有心的人，他学会了前人审视世界的方式，也整合了古代笔记传统，又能以自己的目光敲开通往自然的大门，且文思缭绕，给读者以知识之乐。玩赏的心境也是审美的心境，法布耳《爱昆虫的小孩》，将在田地间观察花草的孩子，看成有出息的一族，因为被好奇心所驱使，认知的空间是开阔的。由此看来，万物皆有灵，天底下好的文章，多是通灵者写就的。对比古今，过去如此，现在也是如此的。

2021年1月9日

北京烟树

    我在北京住了大半辈子，却说不清这座古城的底细，至于对那些旧岁里的风景感受就更为模糊了。帝京旧迹，已经成为一门学问，今人叙述它时，是在不同的层面展开的。史学家关注台阁间风雨，文人却喜谈市井烟云。后者多诗意与谣俗之趣，每每被世人青睐。不过，至今没有谁敢说写透这座古城，旧迹与新风都在漩涡里，跳出其间来看世界，并不容易。

    我的印象里，五四新文人笔下的古城，文字多有味道。姜德明先生曾编过一本《北京乎》，是新文学家的视角，名篇很多。书中一些外来人写北京，与本土出身的有所不同，自然也存在着另类感受。和北京人的自言自语相比，书中是现代性背景里的遗存，流动的是开放的感觉。其实外省的作家写北京，难免落于皮毛之谈，他们借着古都的边边角角，讲的还是自己。而老北京眼里的一切，往往有一些幽微之处，须细品方能知道本意。像萧乾、金受申这样的人，文章是有厚度的，比如金受申的《老北京的生活》，与齐如山的一些著述相似，写京城日常生活和习俗，自己隐在后面，可谓于不动声色中，画出林林总总的形迹。儒道释的古训，在他们笔下分解成碎片，散落于市井的里里外外。四季时令，婚丧礼俗，庄馆茶社，余裕之趣，七行八作，都有时光里的颜色。旧俗藏着远去的灵魂，一代代人去捕捉它，说起来有不少的典故。

陈平原曾提出"北京学"的概念，希望从不同的角度来研究这座古城。这是重要的。不过这是外省人的感觉，目的是把复杂的感受系统地整理出来。做研究要依据的，得有原始的资料，而亲历者的自述，显得颇为重要。土生土长的人，对于自己过往的陈述方式，有书本里没有的东西。郭宝昌笔下的艺林之影，止庵书里的东西城的日常生活，靳飞文章里的老派人物，如今想来都有意思。和老一代作家相比，新起的京味儿写作者，可说还在前人的文脉里，但也渐渐在寻找自己的道路。我所接触的侯磊，是个八十年代出生的青年，他的北京记忆，有另一种滋味。由于他，我感到了京味儿写作的延伸性，传统的审美还活着，在他那里得到印证。

我认识侯磊还是在人民大学的校园里，他那时候在读硕士，是创造性写作班的特殊学生。这个青年兴趣广泛，了解梨园，收藏旧书，也偏好掌故，深解胡同春秋。古都残存的旧岁遗风，几近泯灭的明清趣味，在其身上都有。这趣味不是大学里养成的，入学前已经大致形成。在摩登化迅速膨胀的时代，自觉汇入小众中的小众，说明其内心另有寄托。

老北京属于平民的那部分气息最为难得，京味儿的价值在于切掉了帝京贵族的赘肉，炊烟与吆喝里尽是百姓神采。陈师曾当年画《北京风俗图》，很传神的就是街市里的味道。老舍作品感人的地方，也是这种图景的记录。侯磊在许多地方受益于前人，他笔下的世界，有许多我过去陌生的经验，经由其感性的笔触，打开历史的一扇扇门，胡同故事记录着历史演进中的斑斑痕迹。以往我们看到了太多的宏大叙述，却遗忘了旧路上与老屋里惆怅的目光和沉寂之影。寻找消失的存在，比起今天时髦的东西意义不差。《北京烟树》是一个人与一座城的录影，个体生命的印记与许多日常生活在此活了起来。作者对于身边的一切，有着好奇心，那些关于一日货声、冬日取暖、澡堂行迹的文字写得饶有趣味，不是深谙此间脉息者，难能有此文字。簋街的小吃店、驻店歌手、庙宇、人流、北新桥的文脉，勾勒得也有温度，牵出的人与事，都无意中注释着时代。侯磊笔下的旧话，有的参考了历代文献，但也来自自己的观察，娓娓道来间，告诉我们岁月深处的波纹。隆福寺的汉藏文化背景，中轴线的朝代隐语，通州的漕运码头的传说，侯氏家族的照相馆史，纠葛的是旧岁的神经。这些都不是刻意的点缀，而是自然流淌出来的风景。人间之杂色，命运之无常，刻在街市深处，也飘动在鸽哨悠长的吟哦里。我们外来的人看到的是热闹，作为老北京的后代，侯磊体味出的是人间杂味。

　　古人觉得，王朝久远之地，易远梦成灵。老人们也善于演绎那里的奇幻之景。《北京烟树》于市井间总能透出神秘、有趣的一幕。像草木丛的狐狸、黄大仙，猫城之音，是有灵异之感的。那些老屋与废园间，藏着不可理喻的精魂，一些传说也让我想起六朝里志怪与录异的文本，出离了儒生的模式。国人对于神怪的想象，向来带有萨满教的痕迹，于诗意中，也有人生经验。孩子们借此想象了世界，也将自己化为飘动在时间里的蝴蝶，嗅到了花草间的流香。深宅里的神秘之气，与城池的数字、形状布局不无关系，民间对于万物的感知缩小到身边的灵物那里，对于不可知的存在的体察，使语言也沾满了诡异之气。

看过去的一些作品，有一个现象很有意思，关于北京有深度的叙述，都是远离故乡的人写就的。老舍在伦敦发现了北京，梁实秋在台北醒悟了古都之美。当年靳飞在东京，想起家乡的点点滴滴，遂有了《北京记忆》的面世。但侯磊一直生活在古城里，却能将自己的经验加以对象化的打量，是颇不容易的。所有新出的东西，都易变旧，一切存在成为旧物时，方有端详的价值，因为它藏着世间的秘密。写作有时候乃秘密的解析，想起来也是对的。

久在高楼里的人，对于身边的存在是木然的。即便有一点雅兴，也是某种点缀，进不了胡同的深处。我们这些外来的人在京城，因了谋生的缘故，在街市里走得匆匆忙忙，不太留意老街里的曲直，唯有深味这烟火气的有心人，方能在寻常之中看出风云流转、人间百态。于世俗世界看出人的常与变，是要有非凡的眼力的。老舍的伟大，就是发现了帝都的精神流脉，为那些底层的人度苦与歌吟，而那时候苟活文人的酸腐文章，现在没有多少人能记住了。

不知在什么地方读到德国人黑塞的一句话："离开自我是一种

罪过。"此语背后所指的是，忠实于内心是何等的重要。对于大多数北京人而言，生命的点点滴滴，都印在时光的延伸点上。无论什么人，在"大而深"的古城里，都不过沧海一粟。从自己的世界里才能反射出万物，具体说来，百姓的衣食住行，系着生活的阴晴冷热，其间也有不能言说的隐忧。为着自己的内心而找到温故的词语，就离真情近 ，与妄念远，读者是喜欢的。

2021年8月1日于辽南

以词觅史

新文学诞生后，读书人多是沿着白话文学的路径前行，习俗与审美趣味都有些变化了。从事新文学写作的人，有许多是喜欢旧学的，或者是迷恋古代士风的。但因为趣味隐得深，人们不太谈它。像郁达夫之于旧诗，台静农精于书画之道，都不妨碍他们在新文学上的成就。或者说，他们能于白话文里有所作为，旧的艺术的影响也是有的。这类人易被人广泛注意，但另一类人就命运不同，像张伯驹先生，被古风所染，趣味都在旧路上，与新文学是隔膜的，后人视其为遗老式的人物，道理是有的。但这一观点也妨碍了对他的认识，其实，实际的情况并非人们想象的那么简单。他的世界的丰富，世间深知者甚少，那套话语方式与审美方式，有点稀世之音的味道，某种意义上说，他在审美深处的情思，不亚于新文学家的文字。

张中行先生曾写过关于张伯驹印象的文章，评价的尺度偏于新，属于非士大夫的那套话语。他们在爱好上有许多接近的地方，比如同样是喜欢收藏，张中行属于藏界普通之人，远不及张伯驹博大，但张中行眼里的这位前辈，似乎少了点什么，那就是五四以来的某些新风吧。张中行也是把玩古董的人，可是却潜心白话文写作，不像张伯驹那么沉于旧风里，文章呢，在周氏兄弟的传统里，就与时代有了亲密的关系。而张伯驹的话语方式，都带着历史旧影，是自己与古人对话，听的人在很小的范围内，唯亲近者方可领略一二。这样的人，易被时代大潮淹没，能够意识到那选择的价值，不那么容易。

　　近来人们发现，研究百年间的文学，旧体诗词的写作者，也有相当的价值。虽然形式上是古旧的，但思想上未必没有现代性的意味。但研究这类古旧意味的文学，方法与新文学研究略有不同。这大概与辞章的对应方式有关，总体上不在新文学审美的范畴里。像张伯驹这样的文化人，之所以在今天颇被知识界重视，一是其身上带着现代史里的诸多符号，二是其收藏的藏品品位极高。还有一个原因，是其有诗人气质，那种钟情传统的精神之光，照出了存在的暗点。时代进化所遗漏的东西，并非都没有价值。他所关注、所心系的存在，关乎认识文明史的起落之意，经由其文字看现代史，倒是颇有意义的。

　　河南有一个张伯驹研究中心，近年来出版了不少的研究专著。看作者的队伍，不都是研究新文学的，思路介于古代与现代之间，新近推出的"张伯驹研究丛书"就包括《张伯驹传》《张伯驹词传》《张伯驹词说》《张伯驹十五讲》《丛碧千秋》等，已经形成系列。大规模搜集整理文献资料，是学术研究的基础，而面对研究对象，采取何种视角思考问题，也是一个挑战性的话题。我对张伯驹没有研究，不知道该如何描述其间的经纬。记得当年读到靳飞的《张伯驹年谱》的书稿，很是兴奋，了解了许多不知道的旧史。此后世间不断有相关研究出现，说明知识界对于被冷落的文化人，已经有了较为客观的态度。

如何认识像张伯驹这样的人，研究者走的路径往往不一。张伯驹是大收藏家，对于绘画、戏剧、诗词颇有研究，留下的诗文也颇不寻常。在众多的研究文本里，我比较喜欢以词证史的笔法。冯其庸、靳飞都写过相关的文字。作为活跃的文化人，张伯驹的功绩是震动文物界与梨园界的，但他的不凡之处，还在于他是一位难得的词人。吴祖光说他"在旧体诗词方面的成就达到极高的境界"。那么从其诗词入手，考察其生平事迹，也未尝不是一种选择。以此觅史，也会得到一般传说里没有的东西。

"张伯驹研究丛书"中《张伯驹词传》的写法，就属于类似的一种。作者张恩岭说，与文物鉴赏家的身份相比，张伯驹的词人身份更为重要。以词的分析方式，来写作者的生平，是进入人物世界的一种方式。这种方式一是适合对象世界的特点，文脉是一体的；二是以审美的角度进入丰富的生活世界，能把张伯驹的艺术家气质点画出来。不过《张伯驹词传》对于文本的研究，还仅仅是初步的，全书的许多地方还可以进一步展开。以词证史，需要做许多的准备和训练。要画好他的像，挑战性也可想而知。

从作品看文人的交往史，是许多学者都注意到的。有人研究苏东坡，就在字里行间看到背后深层的社会危机，文人间的互动，也得以显露。张伯驹生前的好友甚多，可写的故事数不胜数。

比如与刘海粟、翁偶虹、王世襄、周汝昌的关系，都有书写的空间，牵涉文脉的起落。像他与周汝昌的友情，不仅涉及红学的佳话，也有词学里的故事。周氏的红学研究，涉及一些几近湮灭的遗存，不料张伯驹的藏品里，有些古迹就颇值得琢磨。1948年，张伯驹在燕京大学中文系楼上展出曹寅的《楝亭图》，正在研究曹雪芹家族的周汝昌闻讯参观，便与张伯驹相识。后二人多有交往，彼此唱和，留下的文字颇可一观。周汝昌的趣味，与张伯驹很有相似的地方，而张伯驹提供的古代诗画原件，无疑丰富了周汝昌的研究。周汝昌的眼力不凡，于一些地方能够嗅出古风。在与张伯驹多年交往中，他就佩服这位朋友的才气和骨格之高。他觉得张伯驹的高处在于词学，所写文字清透、自如，大有幽婉之意。张恩岭注意到了二人交往的趣事，由他们的唱和之句，看文化史的斑斑点点，也不禁引人浮想联翩。

张伯驹对《红楼梦》是有自己的诸多心得的，他的艺术家气质，使他对于辞章之道很是敏感。周汝昌与其交往，不是没有道理的。不过与一般人的感觉不同，他欣赏的是朋友的辞章之力，深觉这位收藏家的天分之好。他认为，张伯驹的词写得很好，是有不小的价值的。在为《张伯驹词集》写的序文中，他说：

> 我重先生，并不因为他是盛名的贵公子，富饶的收藏家，等等。一见之下，即觉其与世俗不同：无俗容，无俗礼，讷讷如不能言，一切皆出以自然真率。其人重情，以艺术为性命。伉爽而无粗豪气，儒雅而无头巾气。当其以为可行，不顾世人非笑。

不常见其手执卷册，而腹笥渊然，经史子集，皆有心得，然于词绝少掉书袋。即此数端，虽不足以尽其为人，也可略觇风度了。因此之故，他作词，绝不小巧尖新，浮艳藻绘；绝不逞才使气，叫嚣喧呼；绝不饾饤堆砌，造作矫揉。性情重而气质厚。品所以居上，非可假借者也，余以是重其人，爱其词。

这个评价已经很高了，确说出张伯驹词作的好来。张伯驹写词，乃个人爱好，另一方面，用词作为隐曲的思想表达，也有妙处。在词的背后，藏了诸多思想情感，还有人间曲折之径，就有了多重的审美寄托在。我们现在要了解那代人的历史，不仅看同代人说了什么，还要看他表达了什么。张伯驹的作品，善带双语，意绪非常态之状，流动中有深意在。他欣赏苏东坡的词中别见高义，寻常人不能道清内里之意。《丛碧词话》有句云：

东坡《贺新郎》"乳燕飞华屋"一词，前阕说新浴，换头单说榴花，是花是人，迷离飘渺；如锦绣深谷，琅嬛幽室，引人入幻，难穷其境。后人或谓为妓秀兰，或谓非为秀兰，两家纷然。却使子瞻在泉下捧腹。

东坡的多义表达，张伯驹也是喜欢用的。比如写给周汝昌的《风入松——和邦达答玉言嘱画＜黄叶村著书图＞》就很有意思：

写来黄叶两图同，秋意笔偏浓。满林霜色斜阳外，似当时、脂面颜容。玉骨灯前瘦影，金声树里寒风。

　　是真是幻已全空，难比后凋松。千年窃得情人泪，病相怜、愿步前踪。都是一场痴梦，绵绵留恨无穷。

　　此作写于二十世纪七十年代，涉及流落在日本的"三六桥本"《红楼梦》。查《雾中词》中亦有《风入松——咏三六桥藏＜红楼梦＞三十回本，此本流落东瀛，步汝昌韵》，有"多少未干血泪，后人难为谈穷"句，意与上首词同。由此词看个人与社会之关系，不无可叹之处。考察那个时期知识人与学界情况，张伯驹的咏叹也似另有所指，苍凉之间，古今一色，人生与人世诸态，皆在倏忽间烟消云散。难怪周汝昌晚年忆及此时，情难掩饰，内中风云，也许亲历者方能觉之。

　　许多人在张伯驹的词里看到了身外世界的纵横之境，或者说是弦外之音。《丛碧千秋》一书就录有邓云乡《丛碧词》一文，作者以为"词中保存了不少京华史料"。比如在《念奴娇》里发现王瑶卿以"老供奉"身份的活动，《多丽》中透出的李莲英老宅的旧事，在邓云乡看来都是难得的史料。冯其庸《旷世奇人张伯驹》里讨论《春游词》，认为其比《丛碧词》更好，乃先生的"断肠词"。他从作品里看到历史折射在张伯驹身上的影子，又在这影子里体味到词人的精神境界。张伯驹在文字里写到家国命运，又能以古喻今，笔墨驰骋中，含无量情思。咏物中处处见到灵思，谈笑间风云涌动，历史的尘埃变成幅幅画面。看似在时代之外，却画出了历史漩涡里的道道波纹。

词学在学林里颇有些地位，研究其规律者，多有不同心得。缪钺先生《论词》一文，就言及其特殊的审美价值，说"词境如雾中之山，月下之花，其妙处正在迷离隐约，必求明显，反伤浅露，非词体之所宜也"。五四之后，写词的人甚多，近来李遇春主编《中国现代旧体诗词编年史》，也可见百余年间词的写作的丰厚。其中士大夫气质的词人之作，可作分析者不少，我们现在了解一些文人的心史，不得不从其诗词中寻找参照。从沈曾植到吴宓，从郭沫若到赵朴初，其词作可以表现世间风云的变化，这些与新文学作品形成对照，也体现出艺术的多姿多彩性。

我读张伯驹的词，觉得自如、丰厚，有佛家的哀凉之雾的流散，意象自有妙处。《雾中词》数首忆旧感怀之作，都写得神似古人。比如《水调歌头·读陶渊明诗》，飘逸与忧患之感均在，平静之中，忽闻水声，悠然之躯也带着迷津里的惆怅，是现实感的另一种表达，词义是深远的。《浣溪沙·癸丑重阳独登陶然亭》，远望众景，老眼迷离，旧友纷纷逝去，唯有残叶还在，感伤暗来。《小秦王·偶感》叹"子弟梨园皆白发，豆棚瓜架剩盲人"，空漠之感扑面而来。这是阅尽人间之色的内心感言，借着古人的文体，写出自己的体验，实在是真情的流露，其间的哲思也是有的。张伯驹在《雾中词·自序》中说：

> 余之一生所见山川壮丽，人物风流，骏马名花，法书宝绘，如烟云过眼，回头视之果何在哉，而不知当时皆在雾中也。比年，余患目疾，而值春秋佳日仍作看花游山。遥岑远水，迷离略

辨其色光，花则暗闻其香，必攀枝近目始见其瓣。情来兴至，更
复为词，癸丑一年得百余阕。余已在雾中，而如不知在雾中；即
在雾中，而又如知不在雾中。佛云"非空非色，即空即色"，近
之矣。余雾中人也，词亦当为雾中词，因以名余集。

衰年之语，已带出几分禅意，但又非游戏之作，篇篇都有空
幻与实有之体悟，一切都逝于昨夜，那些曾有的微火，温暖自己
的心，虽然万物皆逝，流水般的岁月毕竟有可怡的光点。你不会
觉得他的消隐之趣的无聊，反而聆听到了那慧者的声音，给我们
麻木的神经以冲刷的感觉。那一刻，或许便体味到生命的意义究
竟何在。白话文作家，也追求过这类意象，但表达没有旧体诗词
那么简约。由此也可以看出，张伯驹看似旧式文人的样子，而感
觉，也是属于现代文学范畴的。文学没有新旧，旧瓶新酒，也是
常有的事。

缪钺在谈到叶嘉莹的诗词研究时，也涉及以诗词证史的话
题，人们从古人的吟咏里去寻文化的脉络，不无参考意义。他认
为叶嘉莹的词学理念有几点颇可一赞，其中"知人论世""以意逆
志""纵观古今"是令人深思的。他在为《迦陵论诗丛稿》所写
"题记"中说：

　　叶君论述古代诗人，先说明其历史背景，思想性格，为人
行事以及撰述某诗篇之时、地及人事关系，然后因迹求心，进而
探寻诗人之幽情深旨、远想遐思，遂能获鱼忘筌，探骊得珠；并

就诗人性格、思想内容，剖析其艺术风格之所以形成，意境韵味之所以独异。此叶君论诗知人论世、以意逆志之特点也。

研究张伯驹的词，亦当有此类精神。看到"张伯驹研究丛书"的诸多文字，许多学者也带有这种特点，这也是走近前人的一种途径。诗词里有隐喻、有寄托，空白处亦多可想象的空间。我读靳飞、张恩岭等人的文字，发现都能于诗词里看前人的形影，说出作品里没有但其实存有的故事。民国以来的文人的旧体诗词，也是特殊背景的产物，需认真梳理才能够懂得其间的修辞策略，以此明白知识人的精神之路。历代词人，都在自己的文字里营造了一个奇特的境界，有的是自言自语，有的乃与世间的对话。他们为什么不把话说尽，有时甚至闪烁其词，留有空白，多见歧义。明乎此，便懂得士人心史之大半。

2022年8月12日

北疆觅路人

田野调查者的写作，现在多起来了。我对于这类文本，一直很有兴趣。我国的考古笔记，上个世纪二十年代就已经出现，1927年，北大的徐旭生所写的《徐旭生西游日记》，大概是最早的田野调查记录之一。这是新知识人学术转向的文本，西北考古的收获多记于文中，视角也不同于以往的读书人。日记反省国人的学术研究，有许多灼见。作者随斯文·赫定等人在内蒙古、新疆的大漠惊沙里，见到了未曾寓目的存在，研究思路受到不小冲击。徐先生本是留法学习哲学的，回国后在北大工作之余，主编过《猛进》周刊，在那刊物上，他与鲁迅讨论过"思想革命"的话题，至今常被人引用。然而后来徐先生发现，知识人空泛地谈论历史与国故，不及实地考察和考古研究更为重要。那一次西部之行后，他改行从事考古学研究，想起来可感可叹。

现在的年轻人不易理解那代人何以有那么深的怀疑精神，时间过去多年后，语境的差异也导致了后人对于前人心思的隔膜。想起来，新文人不满于旧学里的思想，原因有多种，大体说来，一是认为正史湮没了诸多事实，掩藏了朝代里的秘密；二是国人对于历史的理解，不能置于具体的语境里，抽象的静观时光里的思想，遗漏了复杂的环境里的恶的元素，当是一种偏颇；三呢，是大众受小说与戏剧的影响，对于历史人物的理解还停留在道德化的语境里，百姓眼里的《三国演义》比《三国志》重要，《杨家将》也取代了北宋的抗辽史。所以，在胡适、鲁迅等人看来，只有经历了文明批评和社会批评后，学术研究才能够避免走过去的老路。那一代人所以逆俗而上，另辟蹊径，是有很深的思考的。

今天的知识界遇到的许多问题，前人也思考过，那些已成了重要的参照。比如讲到民族关系史，仅仅在大汉族主义思路里，总还是一个问题。鲁迅关于朝鲜半岛文化的理解，就是在"互为主体"的话语中进行的。这种思路，近来就不断被学界所关注，一些文本也呼应了这种思想。批评家陈福民的新作《北纬四十度》，就纠缠着这类话题，也深入我们未见的域界。我读此书，便想起鲁迅、徐旭生那代人的自我冷思。它颠覆了我对于古中国北方文明史的认识，以往的说史者，皇家意味不必说，百姓积习中的善恶观，左右了舆论空间。陈福民的专业是文学，但其史学感受并不亚于专业治史者。他不仅谙熟典籍，重要的是他沿着北纬四十度做了实地考察，在山河之间，于草木之所，发现了诸多古人之迹。东起辽西，西至陇地，北至漠河，所见所感，与传统史书的感觉有所不同。一方面借用了旧有的材料，一方面有田野的感受，在人迹罕至的地域，触摸到了古老岁月的某些神经。

我与陈福民的交往只限于一些文学会议的场合，并不知道他对历史地理颇有兴趣，这一本书让我对他顿生敬意。因为所述匈奴、鲜卑的过往，别于一般的学人，他穿行于中原、幽州与敕勒川之间，感知方式出离了象牙塔的模式。北纬四十度是中原文明与游牧文明的分界线，北人常常越过这条线，使中原人处于紧张之中。我们以往叙述南北的混战，多以中原的角度视之，很少能从超越性的眼光分析文明冲突的深层缘由。自古以来，北方异族不断南下，烽火遍地，导致多个朝代的更迭。但那些历史复杂的因果与战事的逻辑，是被简化处理的，往往是道德话语占据了要津，加之士大夫诗文的渲染，历史真实的遗迹反而模糊了。

　　"北纬四十度"这个概念，是有地理学意味的。陈福民发现，"以长城为标志，北纬四十度地理带在历史演进过程中逐渐形成了不同民族群与生活方式，最终完成了不同文明类型的区隔、竞争与融合"。他指出，这条纬线以北先后活跃着神奇的不同民族：匈奴、鲜卑、突厥、契丹、女真、蒙古……以往史书记载的故事，并不都能解答今人的疑惑，因为没有文字的民族的丰富形态，我们知之甚少。先前的史书对于北方民族的叙述，多以偏正之语绘之，这固然与血腥的记忆和痛感有关，但反思己身的文字深度一直不够，以至现代以来的知识人讨论周边国家时，还不免带有前人的遗风——离开了大汉族理念，几乎不会思维。这也恰是当年新文化人对于国粹派最不满意的地方之一。

　　梁启超当年提出新史学的概念，是因为旧史学里的认知方式存在偏颇，他要寻求别一路径。陈福民的许多思路与梁启超有所交叉，他阅读古代典籍时，善于发现破绽，不以古人是非为是非。

比如关于李广，司马迁以自己的主观意识，未必写到了问题的核心，偏袒这位将军也是有的。因了种种局限，司马迁将其写成失败的英雄，后人对李广的同情自然与司马迁的感情走向有关。陈福民从司马迁关于汉人与匈奴冲突的描述里，发现了史料运用的矛盾之处，也由此看到儒家学说其实影响了史实的记叙。流行的观念覆盖了历史细节，可疑的地方出来，认知总还是有盲区的。在这个层面上说，"拨开修辞去努力看到历史真相"，是研究者要做的工作，而鲁迅当年对于历史的"瞒"与"骗"的书写的批判，其实是现代人新历史观念的萌动。如今知识界活跃的思考者，对此依然有着相似的感受。

只要用心去实地考察，会发现诸多时光里的存在被史家省略了。儒生们关切的东西可能在今天并不重要。而实际的情况是，那些儒生不屑的工作其实更能激起后人对于前人的另类想象。我们现在看《封燕然山铭》，感慨汉代以来边塞之战的惨烈，但这也是汉人的雄文，而匈奴人如何看待疆土之争，文字是缺失的。陈福民走了许多人迹罕至之地，于野草与枯岭间，觅出前人的行迹，所得所感，有时不在儒林的语境，因为背后有一个大的文明观在，审视旧物的参照也多了起来。如他所述，中国知识人对于地理的概念有时是模糊的，人们对于《水经注》的理解仅仅停留于文学的层面上，看不到古人的深意。许多阅历有限的人，对于地理知识的懵懂，也影响了对问题的判断。比如在勘察古北口的时候，他发现顾炎武对于"杨无敌庙"建立在古北口的原因没有搞清，地理方位使陈福民意识到辽与宋之间复杂的政治隐喻。理解北纬四十度现象，不能都以中原道德话题为之，从气候、水土、生活方式考察游牧民族的精神逻辑，就会意识到史学里的空白点。陈福民说："被后世史家或民间史学吹嘘的仁宣之治，暴露了传统史学在北纬四十度问题上的迟钝与浅薄。"当士大夫不能在流行思维之外检讨各种战事时，历史的本相是被遮蔽的。国粹派的许多思想，都禁不起北纬四十度难题的考验。长安乱于安禄山铁蹄，汴梁毁于金人的刀火，在国难中，儒者多苟活于世，用经学的逻辑解释这些似乎毫无精准之处。传统诗文制造了自欺的幻境，这些我们从梁启超、胡适的自省文字里，看到一丝精神的隐痛。

想起两千余年的民族征战、融合的历史，我们的体内可能也是混血的。一个民族要健朗地生存，一是靠内功，二要有外力，大门敞开的时候，天地是辽阔的。中国的古人，能够意识到此点且有此境界者一直不多。陈福民在《未能抵达终点的骑手》一文中礼赞了赵武灵王，因为他是一个清醒地自窥己身，又了解域外的政治家和武人。中国最早的北部长城在他那时候建造，在北纬四十度地带，他和北方游牧民族有过诸多交往。与传统的中原思维不同，他借鉴了游牧民族的经验，向异族学习，提倡"胡服骑射"，以补中原人的柔弱之气。这种气魄，在后来的中国仅有少数王朝拥有。以自闭的文化心理，是不易理解赵武灵王的胸襟的。与他相似的是北魏孝文帝的改革，也显得气象不凡。拓跋鲜卑人"从嘎仙洞走到呼伦湖，再南进到内蒙古草原；从拓跋力微定居大川，到他三十九年迁都盛乐，再从经营了一百四十年的盛乐迁到平城，拓跋鲜卑人的历史几乎就是一部迁都史"。到了孝文帝，起念迁都洛阳，用陈福民的话说，"他是个深谋远虑有巨大抱负的人"。这个民族与中原文化的互动，产生了巨大效应，北纬四十度的灰暗之处有了光亮。为了寻找拓跋鲜卑人的历史，陈福民辗转于山水之间，过阿尔山，抵呼伦湖，去满洲里，在古人的旧迹中盘桓，发现了前人少见的遗存。当能够想到"他人的自己"的时候，历史的图景总还是不一样的。

不同时期南人与北人的交战史，其记载都有缺失之笔，这为后人研究那些岁月的风云，带来很大难度。而史家不能持客观立场，与文化心理也大有关系。历史到了明代，长城以北的情况开始发生变化，"土木之变"其实改变了诸多生态，值得反省的地方殊多。《北纬四十度》写这段历史，对于朝廷的批评是严厉的，作者解释帝王心态和透视帝国军事的荒诞性，其实也是在剖析儒家文化负面的东西。在帝国政治中，儒家到底起到什么作用，这是一个问题。面对异族的经济行为与政治攻势时，朝廷上下慧者甚少。陈福民写此段历史，悲凉之感涌动，为前人的颠顿扼腕者再。回望昨日，我们看到的不都是灿烂之光，由此想起钱穆式的乐观笔触，觉得还是象牙塔里的梦语，美化了昨日的风景。有批判意识的人，早就意识到国学研究者曾制造了诗文的幻象，说他们有时误导了读者，也并非夸大之词。

我过去看魏晋乱世的文字，觉得四面是血腥，惨绝人寰之景不可胜数，也深感古人生存之不易。而文人们欣赏中古时期的文章与诗歌，大抵也忘记了彼时的苦楚。陈福民在《从幽州到兰亭》一文谈到战乱之苦，心是苍冷的。他也感到历代诗文隐去了诸多苦难，或者是将苦难淡化到诗意的空间了。相对于历史的复杂与严酷，文学文本仅有些许记载。陈福民可能不满意本专业领域对于存在温吞的态度，士大夫对于历史的有限度的记录，其实也弱化了国人对于旧岁的想象。写《北纬四十度》既是向士大夫思维挑战，也有故意偏离旧史学理念的意味。文学批评家的越界思维，未必不能切中精神史的要害，这样的写作，也带来了意外的惊奇。

读百年学术史的文献，发现学界对于作家的历史观与国故观，向来是不注意的。他们觉得作家的历史散文，是感性大于事实的。但其实就精神思考而言，好的作家与批评家介入历史研究的话题，未必弱于史家。莎士比亚对于欧洲历史的体悟，也影响了学界的思想；莱蒙托夫的《波罗金诺》无疑是一部史诗。我记得青年时听过姚雪垠讲明史，其考据功底，是一般史学家所不及的。所以，当人们以文学的方式思考时光里的风云时，感受到更强的是思想的冲击。《北纬四十度》在谨慎的叙述与大胆的谈吐间，造成一种思想的波浪，许多未被注意的存在被冲到了岸边。文学家与批评家具有的能量一旦与坚实的史料结合，将爆发出一种热流。现在想起鲁迅《魏晋风度及文章与药及酒之关系》一文，那通透之感，岂是一般中古史研究者可以怠慢的？

文学家与史学的纠葛，重要的是感悟力生成的思想，这是有特别之处的。日本作家井上靖写东亚历史的小说，既有诗意，也带着史学的灵光，可以深思的地方殊多。冯至那本《杜甫传》，潜藏着难言的生命感叹。他们都希望以另一种方式言说时光里的晦暝之处，对于治史者不无启示。陈梦家由诗人而成为考古学家，其实隐含着知识人的精神的深远性。在感性的辐射后的冷思，常常有着观念的革命。文学家的历史感里疏散出的忧思与见识，往往带有精神的引领意义，这一点是史学界不太注意的。

刘师培在《近代汉学变迁论》中说，"怀疑学派由思而学。征实学派则好学继以深思"。好的文学批评家的史学观，得之于良好的文本判断能力，也来自思想史的启示。因为深味一些文学文本的可疑，由此推及对历史文本的再认识，就有了重新面对以往的冲动。人们普遍不太重视的领域，其实隐藏着有价值的遗存。吕思勉也曾指出，"流传、收藏，在古物不值钱之时、之地，较之在值钱之时、之地者，可信的程度较高"。在我国辽阔的土地上，可勘察、可凝视的遗物甚多，那些被漠视的角落，一旦被思想照亮，可能改写我们的记忆地图。走着读书与走着思考，也是今天读书人缺少的功夫。

读《北纬四十度》，才发现我与陈福民都是赤峰人，原来我们拥有着同样的时空。但惭愧的是，我自己对于故土的昨日一片模糊。那里曾是契丹人与粟特人活跃的地方，因为后来文化的变迁，加之语境的单一，许多记忆的门是锁住的。在历史的延长线上，却不懂自己的所来之迹，无疑是一种悲哀。我的家族在建昌营、翁牛特旗一带生活了上百年，我曾经也疑心自己是混血者。但要说起其间的原委，则又颇为茫然。断掉记忆的人，是不会思考自己的未来的，但是思想者可以在一片空白里，拽出消亡的文脉的根须，让我们知道曾有的存在的斑斑点点。如何走路，也便渐渐清晰起来。批判思维不仅可以开启诗学之门，同样也可以开启思想之门。知所由来，思所应去者，多是那些独自觅路的人。他们在苍凉之间，踏出了新路。走进历史，需要聪慧的目光，也离不开跋涉于荒原的双脚。考古学在今天日益受到关注，不是没有道理的。

2022年1月18日

旧岁冷弦

　　止庵在六十岁后完成了他第一部长篇小说《受命》，在一些人看来，他批评家的身份与学者的影子突然有了逆转，深隐的创作才情流出，笔墨中已经诸体皆备，新故交错。读毕此书便觉得，这不是一本热闹的小说，它像一株废园里未枯的树，留住了消逝的时光。

　　读书界对止庵的印象是博学、多才，能深入许多知识领域。这是不错的。但我觉得，他多年来在做的是一件工作，那就是探索生死问题。不同体裁的作品，背后有大抵相似的指向。他过去所写的文章，精致，简约，有点苦雨翁的散淡之风。书话体最为突出，收放自如，让人觉得属于被世间遗忘的小传统。止庵有学者气质，却不愿与学界为伍。他以非象牙塔的方式处理象牙塔学人的工作，倒是像民国的读书人。其文字被人注意，还在于其诗人气质，但他又不是轻飘的抒情者，理性在他那里隐含得很深。由于此，其笔底自然是另一番景致，自行在路上，对于清冷之状，都能忍之、认之。

做过医生的止庵有过科学思维的训练，文含掌故，言必有据，笔触有严谨的逻辑。对于庄子、知堂、废名的研究都有心得，说的是别人一般不说的话。他的大量随笔，像是旧岁冷弦，隐隐感到在以古喻今，或借历史衬托今天的生活。比如他写知堂的传记，就另开门户，颠覆了一些认知。对于废名、张爱玲的叙述，是作家间的心灵互感，于微妙处藏着慧眼的余光，照出文字背后的幽径。有时会觉得，他关注的作家，都是曾被遗忘的人，明珠暗投，大为可惜的，人间真意，往往于此可以找到。

止庵写长篇小说，完全出人意料。《受命》酝酿了三十年，让人恍然觉出，他大半生笔墨的挥洒，都是为此书准备的序曲。他先前写的文章，都是谈别人的学术与文本，《受命》却有所历的生命经验，生活观与审美观均在此感性地显现。但又非一般作家那样的自我燃烧，而是悄然打量逝去年代的恩恩怨怨。精神在实有与虚无间飘来飘去，不动声色中，有暗影走来，给热闹的文坛，拽出一抹冷色。

《受命》写的是复仇的故事，他说此书也有向鲁迅致意的意思，这不无道理。小说在调子上不太像鲁迅传统，但鲁老夫子的冷峻、决然和义无反顾的韧性还是传染了他。中国人最善于遗忘，以模糊与隐瞒的方式隐去了历史的光点。鲁迅写《铸剑》，有骇世之音，明暗间的撕扯最后成为混沌之物，意义被无意义所碾。这显示了存在的荒诞与思想的未明之状。惊奇中的冲荡之气，我们岂能忘记。《受命》中的冰锋，偏偏记着过去的烟云，纠缠于苦涩的记忆，父辈的悲剧仿佛毒蛇般缠着他自己，这与《铸剑》的主人公很像。但鲁迅写的是怪诞的传奇，意象消解了日常生活。《受命》则不然，乃真俗二谛间的生活画卷，在古都的街巷、烟火气里弹奏着一支夜曲。流行话语与观念被淡化到街市的场景里，涌动的思潮被个体经验所代替。以一种完全不同于同代人的叙述语态面对过去，看得出他一直怀着一个未竟之志。

显然，止庵并不满意以往的关于八十年代的叙述，因为那些话语过于外在了。《受命》要抵抗的是大潮里的漂物，审视的是普通人的另类生活。作品里的人要么满足于随着时代之潮走，要么沉浸在对于未来的憧憬里，但这些都没有丰满之感。芸芸大约算是世俗之乐者，叶生乃是没有染有俗谛之人，纯然而美丽。两位女性都没有历史记忆，唯冰锋纠葛的是昨日之影，深陷而不得自拔。他的复仇之心深埋在心里，以致日常行为有些变形。止庵处理这个人，不是简单的认可什么，而是力钻人性的深井。冰锋热爱文学，知识驳杂，对于新涌现的艺术颇为敏感，在新艺术喷涌的时期，又能与之保持一定的距离。他对世界并不热心，只将自己限于狭小的环境里，与外界隔着一道冰河。但他又非屠格涅夫笔下的多余的人，也不似陀思妥耶夫斯基小说中痉挛的犯罪者。冰锋血液里流着伍子胥的幽怨，一切都在冷的凝视中。他的思想不乏异端者流的痕迹，可是沉默寡言才是对身外世界的态度。以冷然的姿态处理感情与信仰，远离儒家的以柔克刚传统，也非道家的隐逸，倒是带有一点墨子门徒的影子，平静的深处有着风暴的可能。在中国，无论是山林之客，还是台阁中人，都难能接受这类人物，但他却以逆行的方式，刺激出新的思想，让我们在震惊之余，重新思考消失的年月的另类遗存，将沉眠的存在一一唤醒。谁之罪与无罪之罪的问题纠缠着生命的时候，笔触自然也凝重起来。

有人已经看出，这是一部关于时间的书，有着较自觉的精神寻找。但时间里的命运，早有人以诗的方式展示过。自八十年代起，残雪等人就已经开始以历险的方式走进人性的深处，多是在变形与怪诞里，挑战流行的思维。格非、马原也有实验之作出现。止庵与先锋派不同的地方是，他在写意的同时，不忘写实精神，思想可以跳跃，而辞章有安静的一面。他饱览域外书籍，文笔却是京派的遗风之一种。先锋派与浪漫派其实有相似的地方，写恶的存在，背景多是阴暗的，但止庵绕过这个传统，他笔下的街市，有人间烟火之味，自然风貌，亦多风景画的样子。有些地方，传达出生活的诱人之美。张爱玲小说就曾如此处理环境与人性的反差，虽厌恶旧屋檐下的男男女女，但每每写到服饰与花草，也不乏趣味。止庵处理记忆，显得有些克制，自然也抑制了灵动感的散出，本该奔放的地方却有点矜持。这是与流行写作不同的地方，他或许觉得，这样可以防止滑入前人的套路里。京派作家有过这类笔法，知堂的文章也是点到为止，宗璞的小说喜欢裹在旧诗文的意境里，思想自有边界。知堂与宗璞最终指向静谧之所，止庵却在静谧中进入惊魂动魄的暗河里，在不动声色里，让我们获得一次反省生命与历史的机会。这样看来，说他改变了京派写作的路径，也是对的。

当他以这种方式面对世界时，未必人人都能适应。今天的读书人多在专业化的笼子里，边界清清楚楚。止庵是没有这些界限的。他跨越许多领域，以史料求真、用反诘爱智，在赏世、缘情、寻梦中，敲开了存在的另一扇门。他也不太喜欢道学的东西，它遮蔽的话题太多了。所以有时我们在他那里读出人性的荒原，但也有几朵瑟瑟于冷风里的花，开在不被注意的地方。无意苦争春，原也不错，这才是他的幽思栖息的地方。

熟悉止庵的人都知道，他学术研究的时间比诗歌、小说写作的历史都长。但《受命》不是取悦读者的著作，而是拷问我们弱化了的精神内觉。他写京都青年神态，既在为历史留影，也借着感性的方式，写出一种精神的可能。我们都在前人的影子里，但不是人人都知道。他以读者陌生的方式，告诉我们曾有的时光中的男男女女、老老少少的形影，唯在被遗弃的废园里，才刻有曾存的隐秘。这时候你会感到，审视悲剧的人，知道什么是值得驻足的地方。在不可思议处才有认知之门。这是哲学话题了，止庵不想再作学院式的解释，而故事本身，却让我们思索着一向被怠慢了的问题。

2021年4月15日

水边民谣

　　我曾对南国的山与水一直有着好奇心，想起来，那是少时受了画家与诗人的诱惑。最早对世外桃源的想象，和古人作品的启示有关，它们丰富了我这个北人对于遥远的水乡的认识。宋代以后的绘画，已经把山水之韵渲染得楚楚动人，我们看明人徐渭的笔墨，其意境多在草木丰润之所，花鸟间都有趣语。而北方凶悍的野地，只有冷寂的寒意，柔风是没有的。但自从乡土小说出现，我们才知道，江南土地，亦非北方人所想那么恬淡，乡俗里隐含的颜色杂多，以致颠覆了我们的看法。鲁迅、台静农写了南国宁静里的不安，其实在我们北方的世界也有，民风里的世界固然有南北之分，在人性的方面看来，大抵是相通的。

　　因为教书，我曾注意到乡土小说的流脉，细细体察，彼此的差异是显而易见的。汪曾祺从沈从文那里走来，却多了宋人笔记意味；韩少功在故土的河畔穿行，染有楚风，让人想起某些历史的旧影。近日看王尧的《民谣》，自成风格，可以说是乡土文学的另一种形态，是水乡记忆的新谱。作者有意克制自己的学者语态，儿时的生命感觉被一点点召唤出来，那些尚未被规训的认知碎片衔接在时空背景里，于是有了静中含动的风俗画卷。以童年的视角看翻卷的人间烟火，反差间，人性之尺量出了世间的黑与白，流逝的水波带走的是不能消失的风景，它们在作者笔下有了多重意义。

从乡下来到城里，两种文脉能够碰撞出波澜。沈从文、萧红的作品常常处理的就是这种冲突。刘庆邦小说对于此类经验，是有深化的，他面对贫瘠土地上的青年，野草如何覆盖了花影，有出人意料的笔法，在娴雅中是冷风的转动。不过王尧与一般小说家不同，村庄与古镇你中有我，我中有你，民谣里有政治，政治也化成民谣的一部分，时风与谣俗交叉，前者隐含得深，不易察觉，但那感觉之河中卷动的思想，还是无意间流动出来。

我与王尧这代人对于民谣的感知，已经不太像前人那么纯粹，古风虽在，时代的语境是不同的。所以要写早期记忆，不得不面对革命符号里的生活。汪曾祺笔下的故土，红色的影子是淡淡的，几乎看不出来，这与经历有关。到了王尧这代人，民间风俗都裹在风暴之中。所以看似民谣的记录，其实已没有多少汪曾祺那代人笔下的风景，要写出特色，非换一种笔调不可。

《民谣》处理的一切，也是王尧在文学研究中遇到的难题。他对于六七十年代文学的研究心得很多，看那时候的文章与艺术品，当会感受革命后的社会风气，文学与此是汇在一起的。不过，王尧不太满意对生活简单化地表现，他研究汪曾祺、莫言的时候，体悟到了创造性表达的快慰。因为他们都在自己的文字里触摸到了存在的敏感神经。我们这代人的早期教育，神圣的意识驱赶了谣俗的影子。至少是我，对于乡俗的认识是有盲点的，更多看重书本里的知识。但当用一种泾渭分明的尺子去衡量事物的时候，我们会发现许多"无法命名的世界"。这些在我们的感知里难以抹去，只是没有被流行的概念覆盖而已。那些被我们唾弃的东西原来也在自己的血液里和族群中。王安忆在言及小说写作，谈到这类难题时说，小说家对于理论不能抵达的地方的凝视更为重要，那些不可名状的体验里的存在，可能才封藏着世间的本意，它们沉隐在水草和野径里，轻易不被人察觉。大凡在乡间生活的人，多少知道一些它们的形影，然而这些隐藏在流行的词语之外。

乡野里的许多草地、树影、河流并非了无趣味。一旦被目光触及，都是有灵性的。近来走红的诗人余秀华在村子里就发现了辽阔的世界，万物有魂，所有的一切都能分享人的叹息与喜悦，它们衬托了看不见的意识里流动的幽思。不需要去图书馆寻觅那些华美的辞章，泥土与蝴蝶也会引出人们要表达的句子。沈从文与萧红都在乡下的世界无师自通，他们的笔墨来自古书的暗示，也得自大自然的元气。《民谣》有许多片段也出于此，村民的声音、眼神、形态，都像流动的水，微波里有多类意象。在生命的感觉里，词语的限度是显而易见的，它们不能传递的信息，只能存于图像的记忆里。

每个人的记忆都存在差异，乡下世界最打动人的往往是不可理喻的人与事。而这些与风水、禁忌、积习不无关系。《民谣》里的世界，是是非非间，观念是被生活撕裂的。比如写革命时代，除了殉难者，也牵扯了许多落伍、掉队的人，同伴之亡与老师之死，初恋之味，村史之谜，都非生硬的概念可以简单解之。在季节的感觉与时间的波纹中，飘悬在头上的星星忽暗忽明。我觉得这是象牙塔里的人缺失的感觉。一个乡下人苦苦走进城里，往往要摆脱的是贫瘠之地的影子，但他不知道，乡土里的一切，苦中含智，其实也是一本大书，它提示的思想，有时并不比书本弱，而且更带着本真气。许多人在晚年回溯往事时，都不得不承认，大自然馈赠给自己的，比书本的提示的力度不弱。

林斤澜晚年回忆少儿时光，写得恍兮惚兮，带出卡夫卡的味道来。这是扭曲时空的审美感受。余华笔下的河道、桥边旧事，善用变形的隐喻，都不是简单的写实。在读《民谣》的时候，我发现作者的视角是出离常态的，以神经衰弱的孩子眼光去捕捉村庄的斑斑痕痕，世相不再是固定的图像，像花絮般飞来飞去。故事是跳跃的，思绪也是片段的连缀，这些飘逝而过的感觉，掠过沧桑之路，折射着存在的形态。我猜想，王尧如此放开手脚去点染记忆的世界，也是修正自己的学术研究的思路，或说填补表达的空白。意识到职业的有限性，在另一天地跋涉着，有另一番所得当是自然的。

我过了耳顺之年，外事知之甚少。更年轻的一代如何面对谣俗，已经不太清楚。只是觉得，现代化风潮里的中国，乡村的声音被什么覆盖了。格非在《望春风》里写到乡村的变化，对于变迁的土地上人的命运思考，多有启人心智之处。苏童《河岸》也涉及了这类话题。时代之轮碾过旧岁，所剩不过碎痕，拾梦者告诉给世人的，恰是我们遗忘的部分。民谣的发现，其实也是自我的发现，能够穿透岁时的人，自己的心智当是敞开的。不能不说，民谣系着土地与人最基本的情感，世间的一切，在野地与河流里也是花草般寻常，那也是诗，虽然未必都是甜的，但能够领略生命的来去之径，是一点不错的。

2021年7月4日

无常之常

格奥尔格·卢卡奇说过一句话,大意是,艺术品是使前后矛盾的、不相容的元素在文本里获得一致性,并体现在感性的象征之中。我想大凡好的作家,其作品的内蕴,多少都有这样的特点。那些出离常规的写作者,都不太愿意刻板地讲述生活,生命之迹并不都在理性的域界。看似非常态的人生,才有常态的人性,这是莎士比亚以来的作家共有的感知,然而并不是所有的人,都能于此得天地的本意。作家靠的是以一种直觉认识世界,重要的不仅在于触动了什么,还在于文字中暗示了什么。倘对无形的存在亦能折射一二,那就有了古人所云的"天地且入其低昂簸弄中,奇态益出矣"。

我读蒋韵的《心爱的树》,就感受到一种异样的气息,它勾起了我对于命运悲剧的理解,真的是叹之而无言,思之而难述。文字中惆怅之气不散,内心被久久感动了。人来到世间,要寻自己的梦,但梦去的地方又多苦楚,这在百年历史中何其之多。新旧文化交替之际,命运不都是玫瑰色的,新式人物收获的往往是悲剧，旧式的存在也未必都无意义。我们的作者在变迁的岁月里，演示了一个进化中的悖论。传统历史叙述的逻辑，在其审美的图景里被非本质主义的存在感代替了。

《心爱的树》写梅巧在无爱的婚姻里的出走，同情地勾勒了她对大先生的背叛，以及大先生对她的割不断的牵挂，无意中为时代的变迁之迹做了多向度的注释。我们在这里看不到启蒙主义者的价值判断，也看不到复古主义者的恋情。作品里家国之情、男女之情与母女之情，纠结着现代性的悖论。但这里无须以儒家的道理说明，民间的常情系着世道的本然。小说平静的地方听见人的心音，剧烈的地方则风波浩荡。这一弱一强的审美落差，引人行走在峰回路转的险峰中，回眸之间，悲欣之状尽在眼底。

梅巧十六岁嫁给大自己近二十岁的大先生，这在民国年间是寻常之事。但偏偏新文化来了，大宅子囚禁不了她的心，受到新思想熏陶的她，自然会寻自己的路。她与大先生的学生私奔，可说是浪漫年代的一丝波澜，其间美丽的光热，当可一时道尽。但他们不幸落入苦地，贫寒、疾病几乎毁掉了一切，有爱而无福，有才而无路，天降大难于斯身，背后是无边的黑暗。倒是大先生依然保持了平静的生活，他在旧式的生活里却获得了真实的爱。后来的岁月，危难之际，他暗自帮助了梅巧，使其减轻了家境之苦。故事至此，传奇的笔触多了一抹苦涩的隐喻。

民国的文人小说，触碰过类似的话题，新旧之变中，人性的热流涌动，有什么办法呢。梅巧的反叛，精神的新，乃时代的潮流。理应如此的事，现实却是另一番结局。外面的世界没有带给她明快的东西,她的天才的感知力,似乎钝化于世俗的生活。这是娜拉走出去的困惑,我们由此看到了女性解放中的不测的陷阱。

但我们的作者一反民国新小说的单调之笔,曾被亵渎的旧式生活并非了无生气,作者写大萍与大先生的爱情,倒显示了安宁、古朴世界的一种美。叙述者关注的不是观念性的存在,而是心灵的问题。人性没有新旧之别,善存在于古今的人心之中。我们的作者撇开了五四的进化观念,郁达夫与黄庐隐式的单值的价值判断在此失去意义,拥抱记忆的方式是多维、复杂的。沈从文与汪曾祺也有类似的方式,蒋韵处理这样的题材,显得比他们更为惨烈,虽然就文体而言,她还缺少前者儒雅的书卷气。

小说最为感人的是女儿凌香,性格耿直,不屈不挠,又爱意深深。在母亲被家人鄙夷的日子里,她是唯一与母亲有交往的人。而且,为了寻母,她吃苦无数,险些丧命。在这个形象里,五四的新与伦常里的旧都有,显得格外鲜活。父亲的古板和母亲的现代感,在其身上复活出来,其形象楚楚动人。在饥饿和困苦里,她抚慰了困顿中的母亲,忠孝之情深深,也不乏新式青年的果敢。她那么爱自己的母亲,在经历了大的磨难后,终于理解和原谅了母亲,有着明达与包容的心。这是当代小说中少见的形象,作者的笔触深入了一个陌生领域,也激活了新旧对话的一种形式。

蒋韵感知世界的方式与同代人多有不同。她从畸形的生活里看到了被压抑的美,而一切都没有答案。对于沧桑岁月里温情的表述,是非左翼式的。我们于灰色世界的苦楚里,却感到了暖意的光泽。一切都已经逝去,连同那棵茂密的槐树。看到曾有的温馨的树的倒下，不堪回首中是历史的沧桑。大先生不都是道学式的人物，日本人来了，颇显气节，在国难之中，儒者的尊严系着历史的浩然之气。作者站在历史的高处，冷静地俯瞰着芸芸众生。叹息该叹息的，原谅该原谅的。文坛的新旧之争留下的伤痕，在作者那里被熨平了。

这些年来，对于现代性的受挫，人们已经作了种种解释，有些观念甚至是对立的。悲观的书写与梦幻的书写都失之简单，生活是不按照理性的法则前行的。小说家的任务，其实就是表达人间无法言说的部分，那里才能窥见存在的隐秘。蒋韵的笔下，有苍冷中的宽宥，紧张里的舒缓。作品掠过历史的苍茫，人性摆布了命运还是命运影响了人性，不能以社会学的思维究之，小说家的图景显出理论家的尴尬。历史没有给梅巧这一代人幸福的机会，而大先生残存的一丝古风，也渐渐一去不返了。这是真的悲哀，古树下的幽情，已成明日黄花，哪里还有温存的栖息地呢？小说于幽暗里释放的微明，照出一代人的泪眼，我们在一段非同寻常的历史里，看到了变化中的不变，以及无情中的温情。这是颠覆性的写作，沉重的话题在辽阔的时空里不过一阵微风，但它流转的过程，却卷动着天地之魂，我们由此感受了人世颇可留恋的一隅。恰如博尔赫斯所叹的，一切均可怀疑，而美是不能忘记的。

2020年3月23日

无常之常　一

废墟之上

　　在旧都生活久了的人，是很容易生出思古之情的。二十多年前我在北京报社上班，办公大楼就在元大都南城墙的旧址，报社的老员工，偶尔念及于此，还说过不少的故事。身边有几位朋友，热心收藏古董，对于旧京是很有心得的。负责副刊工作的副总编林浩基先生，也是嗜古很深的人，他在工作中把自己的趣味也带了进来，周围的人，一时颇有些文气。

　　初次见到林浩基是什么时候，已经忘记了，大家都称他老林，印象是慢条斯理，有点深不可测的样子。渐渐发现他是个可以深谈的人，与时风是有点距离的。他藏了许多古书，关注学界动向和艺术思潮，对于绘画尤有心得，多年前出版过《齐白石传》。在一向板着面孔的报社里，有这样的前辈在，氛围总还是不同于别处的。

　　那时候文艺部的副刊有《广场》《收藏》《流杯亭》几个版面，盛行着某些京派风格。老林很重视文章品位，看得出，在仕途与文途间，他倾向于后者。他的点子很多，许多带有书斋气的栏目都与他的思路有关。我的那本《鲁迅藏画录》，就是他建议开设的专栏文章的结集，也因此，我们渐渐成了忘年交。

我离开报社不久后，老林就退休了。据说宣布退休那天，他就拎包离开了报社，再也没有回来过。或许去寻找别的什么，做自己喜爱的事了。总之，二十年间，消息全无。我和朋友偶尔谈及他，都很怀念那段难得的时光。

不料近日忽收到他新出版的《清明上河图前传》，才知道他这些年沉浸在古代文脉里。是否在报社期间就酝酿了此书的写作，不得而知。这一本书将美术史中扑朔迷离的部分演绎得风生水起，雅俗共赏的韵律里，别有一番味道。一个人到了晚年倾力于一本关于古人的书，一定是有大的精神寄托。翻着这部满带古风的作品，好似又回到了当年的报社，楼道里传来他那浑厚的男中音，想起与他相处的日子，也有一丝往者不可追的感觉。

在这一本书的后记中，他说，他写的不是画家张择端的传记，而是历史小说。开宗明义，这是虚构的作品，借着远去旧迹，铺陈出北宋江湖的人文地图，也交织着诸多精神线条。原来老林有如此的情怀，先前的同事们，多未能料到他的修炼之深。

对于今人而言，北宋的时光远矣，要弄清其间轨迹，需要做许多功课。作品写的是画家张择端的故事，传奇与录异之调深埋于文中，主人公的生活，一波三折，光影缭乱。古时的政治生态，士人之心，诗画品相，背后的存在都不简单。以张择端的爱情与艺术之路变化为主线，串联出官场风气、儒林积习和时代之音，时空是阔大的。艺术在中国从来不是高悬在空中之物，总纠葛着人间的冷暖阴晴。描述古人精神生活，涉及诸多我们今人不太了解的东西，皇帝喜好，大臣心事，民众感觉，易代之苦，指示着一段血腥之迹。从作者的谋篇布局里，看出历史观与审美观的特点。在老林想象的世界里，流露的是他的人生哲学。

北宋年间，文坛出现了不少神奇人物，苏轼、米芾、周邦彦、黄庭坚一直被后世不断叙述着。唯张择端史料阙如，行迹模糊。金人张著在其收藏的《清明上河图》卷帧上，留下几十个介绍文字："翰林张择端，字正道，东武人也。幼读书，游学于京师，后习绘事。本工其界画，尤嗜于舟车、市桥、郭径，别成家数也。按《向氏评论图画记》云：'《西湖争标图》《清明上河图》选入神品。'藏者宜宝之。"这段介绍留下诸多想象的空间，许多人与事都语焉不详。不过从彼时社会形态与文化走向看，时聚时散的烟雨，不测的险境亦诡异万端。皇权之下的文化，要保持个性谈何容易，艺术家一旦出名，精神不被弯曲实则很难。这段历史里的文化经纬，自然渗透了古人的各种经验，也多了特别的学识。在大的变故里看人性的限度，体味生死之意，许多不尽的情思，都于此散开。

绘画史也是文化史的一部分，六朝以后的人物画与山水画，已经颇有些风致。不知在什么地方曾看见西川一篇文章——《在"伟大"的意义上，唐诗与宋画是连在一起的》，能够感到作者对于宋代绘画的热心。说唐诗与宋画是一流的艺术，也是对的。林浩基钟情于北宋艺术，也是此类心情所致。他对文化的流动性，有一种自己的心得，知道一切不凡的作品的产生，都与时代精神有些关系，而那些超俗的意象，都是远离台阁的一种顿悟，民间想象是滋润了诸多才子的。《清明上河图》的伟大，乃心贴在土地、河流上，在人间烟火里看出世间冷暖。张择端与周邦彦、米芾多有不同，因为其有着平民意味。他沉浸于百姓世界，又有超于万象的慈悲。士大夫诗文中遗漏的社会史，竟在他那里有了感性的表达。

记得有人说过，在绘画史上，倘没有《清明上河图》的流传，我们对于古代艺术的理解就少了市井之风和民俗之韵。栩栩如生的日常生活，恰是士大夫文字里少见的东西。写张择端这个人，既要懂艺术生态，又要了解民俗史。因为历史留下的资料有限，小说家要靠想象力与理解力来解决相关的问题。我们的作者描写这段历史，一是有向艺术家致意的意思，二是从时光里寻觅人生的奥义。这两点乃小说写作的重点脉络，后者所展示的隐含，引我们思考的地方甚多。古小说常见的恩怨情仇，纠缠在雅意中。士大夫生活在俗世里，不免沾染烟火气，但倘能超越于斯，有另类情怀在，会留下不同的行迹，那便是精神之光，会驱散士林的暗色。但在功利之徒那里，不会有类似的新径，多少年过去，人们不断礼赞张择端的笔下风光，乃因为那里有主流文化所没有的闪光在。

前人论及《清明上河图》，常参之《东京梦华录》一书。比较起来，两者给人的感受有同中之异与异中之同。后者曾记载了汴梁的市井之风，北宋的各类形态引人思索者，都被学界深入研究过。曾经有人指出，《清明上河图》可以让后人对应某些形影，繁华之中，人的诸种形态也栩栩如生地走入眼帘，真的是眼花缭乱。我们看彼时文人的诗词歌赋，享世的一面不免沉落气，思想是灰色的时候居多。宋代诗人善写幽婉之句，大约与悠闲中的虚无感不无关系。有学者从城市文化层面论及其意，就看到了人间太平之景的背后，危机也深隐其间。

《清明上河图前传》提供了认识历史的一个角度，为一向模糊的人与事，提供了另一种演示。作者写艺林之事，丰富的感觉在人物的神色间飘动，于陈迹的缝隙间见出世相的诡异点。美丑之间，儒林的遮羞布也渐渐脱落。在中国，文化生态与政治生态是难解难分的。从普通的士大夫写到皇帝，百姓与皇权间的关系有复杂的纠葛。而奸人当道中，是非颠倒，万物蒙羞。这是旧小说常有的主旨，我们于此也领略了文化中一个延续多年的主题。

历史小说，说起来是社会生活的缩影，感性画面的背后，也有认识论的支撑。这是这一题材所决定的。此书要表达的题旨有多重性的隐喻，诗意的存在乃社会形态的隐曲表达，只有在丰富的历史维度里，才能把握审美之趣。对于彼时的艺术品，我们的作者多有崇仰，所涉话题繁多，事件离奇，全书有着浩渺的沧桑感。艺术与时代之关系，其实并不简单。

以往的士大夫者流，关心的是经学与科举之路。但真正的读书人，是不受时风影响的。苏轼、黄庭坚都有不俗之处，精神有别样的选择。到了张择端那里，趣味也在别一世界里，偏离了某些旧的审美情调。他的绘画受到六朝的民风之趣的影响，也有唐人胡气的熏陶。跳出士人的窠臼，方有了敏锐的目光。在危机四伏的年月，为时代录下一道长卷，实在是让人感叹。刻画这样的人，一需懂得笔墨之道，二要深解市井之风，三要有政治眼光。我们的作者努力朝着这条路径走，笔墨间留下探索的甘苦。于此三处可见社会的风貌，立体处理其间的风雨，时空就饱满了许多。老林的笔触不见暮气，从前人那里学来叙述的策略，又能在自设的危境里自如往返，娓娓道来之中，写出自己心中的镜像。

《清明上河图前传》要处理的难点很多，作者有两种笔墨给我留下很深的印象，一是世态，二是侠音。前者有官场之浊流，蔡京、高俅、秦桧等奸臣嘴脸历历在目，后者则有民间爱意，汪家田、赵金明与张择端的友谊让人生感。老林善写女性之美，爱情的表达带有士大夫的意味，在杨子清、杨子明、尚荷身上，不乏老中国读书人的心仪之影。看得出，传统的审美方式，也一定程度传染了作者，要跳出士大夫惯性是很难的。不过小说也在不断挑战旧的模式，出奇的地方是对战乱的描写，金人南下，北宋都城遭掠，靖康之耻中，艺术家也经历了生死考验。这小说不是耽于审美的醉意，根本的是写世相的无常与善心的苦涩。从宋徽宗到张择端，留下诸多历史的叹息，倘仅仅在艺术的世界里，不解外事，是不能解救生灵的。由此也能够体谅出一种苦味，在精神单一的社会，文明之光总还是脆弱的。野蛮常常摧残了天下，汴梁繁景，不过一瞬，转眼便消失在烟云之中。张择端的长卷，引我们的也只是追忆里的长长叹息。

说起来，中国的文化有光泽点的存在，都是在苦难里出来的。这本小说里要表达的，大概是这个思想。在叙述方法上，它借用了通俗小说的笔调，而背后未尝没有现代悲剧意识，其精神的特质，我们还是明显感受到了。全书有花团锦簇之处，也多哀凉之笔，生命的价值如何才好，什么是人间最值得为之驻足之所，文本里都有暗示。我想，这一本书，是作者一生寻路的记录。在古人的身上，投射己身之内觉，给世间留下体味的空间。作者的士大夫心绪的矛盾、碰撞之处，也体现了探索中的甘苦。

通俗小说倘一味耽于才子佳人的故事，易滑入平庸。林浩基深味悲剧的价值在哪，作品的后半部分写得暗流涌动，凉风乍起，将古代小说的大团圆梦打破了。金人掠走《清明上河图》后，张择端曾冒死追画，但脆弱之躯岂能抵过兵匪。而心爱的人也在战乱里死去，暖意之光几尽。后来在临安苦苦重画旧作，还残存着一丝希望，他天真地向南宋的皇上赵构献画，不料遭秦桧谗言，被轰出宫殿。拳拳之情，不得所认，落得孤苦之境。这是小说最动人的地方，忠而获罪，爱而得怨，屈原式的悲慨在此复现，历史在轮回里，演出的是同样的悲剧。

读《清明上河图前传》，一切都落入暗地，美的毁灭，爱的消失，已让先前的荣华成为碎梦。钟爱艺术、痴情于诗文的士大夫，在彼时要实现自己的梦想，是万难的。我们的作者如此设计情节，看出内心无量之苦，对于华夏历史深层之痛是感受极深的。读书人的抱负，仅仅系于帝王一身的时候，易走进绝境。张择端荣于此，也哀于此，他的死，也说明了士大夫面临的是无路之途。在美的光泽下，是一片废墟。而废墟之上，也只生杂草，是难见林木的。荒原感才是进入历史的通道，年轻的时候我们不太懂得，经历了风雨的人，对于老林的苦心，当能解之一二。

取今念古，是近代许多小说家的一种审美趣味，每个人的兴奋点都大为不同。施蛰存写《鸠摩罗什》，以弗洛伊德的观念为之，里面不乏幽默与戏谑，词语背后乃现代意识的流布。姚雪垠变得聪明起来，从巴尔扎克与托尔斯泰借来经验，《李自成》就有现实主义的元素在，虽然讲述的是明末故事，但画面经过了新文学理念的沐浴。历史小说怎么写，与作者的精神背景与知识背景有关，凌力的《少年天子》有清史习得的痕迹，多少受资料的限制，于狭径里也能拓出新路。《清明上河图前传》里的北宋风云，带有《水浒传》与《神雕侠侣》的风韵，山高水长，野径生树，可以演绎的空间很多。我们的作者为何不取写实之境，而走旧小说写意之途，其中有价值取舍也说不定。我觉得也许是受到宋代绘画风格影响，写意当能传神，笔端带有风情吧。

老林是个痴人，对于诗文与绘画，不乏醉笔。你会感觉他一直沉浸在远去的时光里，于灰暗里打捞着一线光明。这光明虽然弱小，却抚慰了读者的心。许多年来，他一直保持着这种状态。我们看他的自述，就能够感受几分苦意：

> 记得三十多年前，我撰写《齐白石传》，三十多万字。白天上班，深夜十二时起床，写到第二天早上五时，之后，跑步到天安门，尔后坐公交回到东单二条的家。整整花去二十九个夜晚。而写这部书的"前传"时，近五十万字，我花了两年半时间。其间的艰辛、困顿，难以言说。真的是："都云作者痴，谁解其

中味。"

如此说来，一个人在自我燃烧的时候，是可以与古人神遇的。这是老林的期盼，说他是寻梦之人，也不无道理。小说最难得的，是对于赤子之心的描摹，在张择端身上，有古代艺术家可贵的品格，寻找那神异的美，也无意中丰富了作者自己。我总觉得，写作之于老林，乃精神的游走。现实不能解决的难题，却在文字世界里得以克服。在张择端的影子里，有老林这代人的苦乐，古人的心事未必不是今人的心事，穿越古代的人，总能看到别人未遇的光景。

2022年1月8日

山水时间

　　周氏兄弟曾经译介过日本小说家加藤武雄的作品《乡愁》，这大概对后来中国的乡土文学是有点影响力的。走出乡野的人，一旦回望往昔的生活，总要用都会时光覆盖山水时光，有一点恋旧中的感伤，或者亲情中的苦涩。五四初期的乡土作品大多如此，到了二十世纪三十年代，端木蕻良写《科尔沁旗草原》，就多了改造故土的冲动，但还是失败了。融不进去的故乡，也刺激了寻路的激情，而结果是，启蒙感与失败感都在，反而与泥土的关系变冷了。

　　乡土小说家们是有特别经验的，多的是都会没有的原生态的生命感觉。不过，随着时代变迁，每一代人写乡村，总还是存在差异。从赵树理到陈忠实，风格并不交叉。刘绍棠的运河是和谐的世外桃源，刘恒的京郊则冷热互转，文字背后有些许痛感。长久接触乡村生活的人，在土地上发现的某些现象，常常要颠覆我们在书本里的知识。上个世纪七十年代我在乡下插队，就惊异于乡亲们语言的丰富，他们对于山川地理与人情世故的体悟，生动而有趣。想起来，大约是时间概念与我们不同的缘故。

我自己对于乡土文学读得有限，印象里民国初期的作品，萧瑟的地方很多，可以说是恨山、恨水、恨人生之苦，后来的作家稍稍有了变化，左翼小说就不太陷入绝境之中，热度开始多了起来。这个传统多年间起起落落，变化很大。孙犁的清风白水，有白洋淀的雨雪在；周立波在土地里，写出了声音美学；我在韩少功小说里感到了古风对于今人的意义，说起来意绪纷纭。跳出乡村后还能融入乡土，生命感觉就不同了。前几年格非出版的《望春风》，就渐渐消解了都会与村庄的距离，先锋派的感觉被泥土气渐渐淹没了，可谓由繁难而变简约。刘庆邦写他的村庄，在现代人的感受中，不乏悖谬处，但与格非相反，由简约而入繁难，写实主义也带出现代主义才有的凌乱与轰响。

乡土文学的五花八门，也是探索的产物。新近读到乔叶的长篇小说《宝水》，写的是四季里村民的日子。这部小说既不同于传统的作品，也不同于流行的农村题材小说，叙述者沉到村子里，以串糖葫芦的方式，描绘出乡下风气、奇闻、吃食、节令、家常、礼俗、风水等。像连轴的风土图，画面一点点打开，人物形影、色彩，还有乡里乡外的人情世故，都扑面而来。这种写法，贾平凹在《带灯》里有过，那是笔记小说的一种放大，但乔叶没有士大夫意味，用的是感性直观里的碎片衔接，看似随意的记叙，实则是心绪的敞开，彼此筋骨牵连，血脉互渗。我们的作者以宽厚的眼光看乡下的男男女女、老老少少。在日常里，读者感受到恩怨的起伏与人性的黑白。作者将人间的残酷省略到风情的笑意里，看不到刘震云那种荒谬感，也无李锐那样的残酷。乔叶微笑着看芸芸众生，因为知道自己也是其中的一员。四季轮转是村庄的风景，一切不爽都可过去，在天地之间，人都属于自然的一部分，诸多抵牾亦可原谅。

这样地看人生，就消解了许多城里人的理念，小说的作者或许觉得，都会文明与乡村社会，不应是冲突的，而应是互渗的形态。主人公地青萍从乡下进入城里，中年后又由城里返回故乡，因为爱情，与宝水村有了更近的距离。所见所感，在新鲜之处，发现了自我。今天的乡下，保留着古已有之的本色，看似小村庄，实则大世界。当顺着众生理解一切的时候，焦虑的自我意识反倒平和了许多。

以生活片段来写乡下的体态，比单纯的故事还要带一种风致。沈从文与汪曾祺都善于运用此种方式，留下的名篇亦多。《宝水》所呈现的老人、青年、孩子，各自生活在不同的世界里，也有着他们各自的路径。我觉得作者重点写出了乡野里的哲学，这些不在书本教条里，而在一种情感互动的分寸中。老乡的智慧，来自土地的暗示，四季转换之间，每一天都是新鲜的。他们从花草中悟出生死轮回，在庄稼生长里看到生气的绵绵不绝，又在男欢女爱过程中体味了天地之道。比如奶奶的"维人"，即是和而不同的总结。乡下人许多话都是经验的总结："脏水洗得净萝卜"，"有烂砖，没烂墙"，"麦捆根，谷捆梢，芝麻捆在半中腰"……这些都是土地里生长的智慧，农民所以有滋有味地生存于此，乃有着理解外在世界的方式在。那些带着草香和泥味儿的句子，知道多了，才明白乡村世界，并非没有智性。

记得赵汀阳在《历史·山水·渔樵》一书里，借着渔樵的眼光，看到呈现存在的另一种方式，即由"山水时间尺度"去审视世间万物，这样就避开了泛道德的话语。天数往往在人数之上，人的能力与阴阳、时运、气候等元素比，自然存在限度，所谓"帝力之大而人力之微"正是如此。超越这种限度，不能不考虑"山水时间尺度"的功能。我由此想到小说家，也可以借鉴渔樵的经验，坦然写出存在的另一面。在"山水时间尺度"里，人对于自我生命的理解，可能与知识人的职业积习，略有不同。《宝水》的作者对此，大概是无师自通。

传统的读书人，神往于田园的归隐之趣，其实是一种对于险境的逃逸。归隐看似是消极的，其实是乐生主义的一种体现。乡村生活有意味的部分，是乐生的趣味，人与自然、人与邻里的关系得以维持，乃其间的一种平衡。人在土地上生，依风水而长，"此心安处是吾乡"，所以没有什么比乡下更本原，也更宽厚。都会之音，有时候是迷乱的舞蹈，仿佛无根的漂泊感的流露，乃被装饰后的一种醉意，悬在半空的时候是多的。而乡土的风与雨，虽然也有险态种种，在最孤独时，人可以偎依的还有花鸟草虫，贫苦者能够因之而存活，而繁衍，而快意。我想，这也是为什么人有时候在面对土地时，会得趣而忘己。从乡下看世界，与从世界看乡下，感观自然迥异，倘能够反转起来再审视山川岁月，就有别样的感觉了吧。

我当年在乡下插队，遇到了不少有见识的村民，有的思考的角度很让我惊异，就生存智慧和自我意识来说，不能对他们都以落后视之。走进那个世界，才明白什么叫作坚韧、负重、赤诚。我们这些漂浮在生活表层的人，常常是靠既定的观念去解析社会，倘不懂得那些古老的积习里的人生哲学，总还是缺少些什么的。大凡有暖意的乡土写作，大约是以各种不同的感性画面，注释什么是乐生主义，乡村的进步，是靠这个精神基础的。乐生，可能也滋生贪婪与惰性，甚至恶俗，但也有不甘于沉落的进取精神。后者倘能发扬光大，山水之乐也就成了人生之乐，持有此乐，土地上的风景总是品味不尽的。

2023年3月7日

垄间击缶者

前人谈到京西，感兴趣的多是旧时的遗迹，马致远当年的小令《天净沙·秋思》名气很大，其写的"古道西风"之处，现在还有人常去寻觅。言及京西历史脉络，还可以上溯到很远的年代，像北京猿人遗址即是。这个地方有些神奇，掩藏着不少旧岁遗产。熟悉现代文化史的人，可能还记得民国读书人到妙峰山采风的旧事，京西的神秘性，在云雾般的文字里飘来飘去。但这里的人的日常生活如何，城里人未必熟悉，前些年作家凸凹先生的系列小说，写到房山的山山水水，才让我知道一点这里的情形。而对于这个地方的民风、四季劳作、岁土尘心的立体感受，是读到董华先生《垄间击缶》后才有的。

我最早接触京西人，大约在二十七八年前，那时我女儿所在小学搞手拉手结对活动，家里住了房山乡下一个女孩。那时便感到郊区孩子，与我老家山地的孩子，过的是相近的日子。京西人讲话，有一点口音，燕赵的古风略含于此。后来认识凸凹先生，到他所在的地方走过一次，巧的是他与我女儿的小友是一个村子里的人，朴素而热情。房山、门头沟一带，风光特别，人也有趣，由此也吸引了许多艺术家。画家张仃晚年住在京西山里，大约是要沾沾山里的仙气。我与友人去造访他时，见舍前山林竞秀、草木葱茏的样子，好像明白了老人何以定居于此。

北方乡下，民风大抵相似，但地区间差异也是最有意思的地方。《垄间击缶》所记农时、民谣、节气、人事，与我的故乡略有不同，杂糅了许多元素。我们过去读的北京地区风土志类的书，都有点士大夫的趣味，《帝京景物略》《日下旧闻》《燕京岁时记》，有读书人自娱的惬意，不免超痛感的静视。董华先生是土生土长的山里人，七十岁时完成了乡土小志，写出了故土的百态，杂树野草，各类人物，都有可观赏之处，多了乡土人自审的目光。作者敏感于天地间风雨痕迹，触目处杂思种种，又能以镜子般的笔，映出时光深处的灵魂。这需要将自我对象化地打量，由回望过去，到凝视自身，乡土的画面里，也含着自己的影子吧。

京西人的口语，保持了古人的动感与活气。《垄间击缶》记录了许多片段，都有意思。印象深的是农家的语汇，并不像一般方言那么土，有的显得文雅，说明燕赵之地的百姓，受古风的熏陶很深。比如谷雨节第一天下雨，房山人叫"天苍雨"。天阴久雨，百姓做笤帚小布人挂房上，名曰"扫天晴"，以求风来吹走湿气。犁是乡民必用的工具，老百姓将"犁刀"叫"犁镜"，形象而有诗意。有的词语，简约形象，比如将麻袋扛在单肩，谓"立肩"，横在脖子上一挂，叫"卧肩"，就有点像绘画语言了。京西古代出了不少名人，贾岛就是房山人，他的那个"推敲"的典故，今人还在传颂。汉字表达的音色感，是在此有着很久的传统的。京西也有许多土语比较特殊，味道不同于汉人特色，比如"哈忽人"，指人有点异样，智商较高。我疑心是北方游牧民族留下的痕迹，它是如何在这里形成的，大概需要求教于方言研究者。

乡间社会是一本大书。刘绍棠写京郊的运河，是风俗画的一种，每每有梦幻之色流出，似乎将诸多暗影遮蔽了。刘恒笔下的京西土地，民风种种也透出忧伤，撇开他的历史隐喻不谈，就民众与土地关系而言，是有另一种体认的。百姓对于土地与河流的感觉都有彻骨的地方，生命体验呢，就带出本原意味。我们现在许多乡土笔记，好像是绣出的花，样子很好，却没有味道。好的乡土作家描绘阡陌之态，就有野草的气息，人物与土地关系，写得活而深。城里人要模仿此道，真的难矣。

大凡画出乡村世界风俗图的，多少有些慈悲之心。人在草木间所悟，未尝没有文人要寻的道理，得其妙者，文字也是有滋有味。乡土文学重在写民俗之风，村里的乡贤、半仙、郎中、媒婆、小贩、车把式等等，都有不少难忘之事，有的甚至有传奇色彩。在土地上待久的人，对于草木的分辨与庄稼的认识，整理出来都是学问。土地上的人，保留着初民原生的内觉，这些都市里没有的根性，透出几许人间的真意。赵树理、柳青都涉猎了此点。村民在看似单一的世界中，却刻画出变化的风景。农民史，也是中国文化史的核心之一，想起来并非没有道理。

法国学者伏尔泰有一本出名的书《风俗论》，谈及古代中国的风俗时，说语言、风尚一直没有什么变化。他是看到了现象的一部分。但洋人要了解中国乡下世界的原色调的遗存，也并不容易。中国乡下人看似远离城里的文气，但对于天人之际的感受力，是不亚于读书人的，有的溢出了儒道释的审美范畴。我在东北插队时，与目不识丁的村民一起劳动，他们的生死观和应对尘世困境的态度，是饱含着别样的生命哲学的。《垄间击缶》所写的车把式等行业人"有自己的暗语"，"行走江湖，博闻广录"，就智性而言，岂是一般城里人可及。许多中原作家对此体会很深，他们写村庄的七行八作，都各有哲学，其中江湖性与野性里的流韵，在京西的世界照例存在。中国民间的风水之迹与图腾里的神灵之气，细细品味其间的道理，都是难以道尽的。

击缶于垄间，是个很好的意象。不妨想象一下：一个老者迎着山风，在田地中独自击缶而歌，那是怎样惊人的画面。面对苍天的时候，心是敞开的，此为别一类的声音，淡然之中，古风扑面而来。人到暮年，所思所想，已经可以绕过道学的旧路，留下纯然的东西。我们来到世间，与草木一般，都有周期。日月之下，无不转瞬即逝。但人是有性情之光的存在，能够记所由来，道其欲往，故常常有超然的灵思在。即便是旋律单一，不成体系，也是可念可感的。文人心念于台阁者多，乐于垄间者少，所以也往往听不见天籁。来自民间的人，劳其筋骨时，又能参天悟地，在声音里就有苍凉而辽远的隐含。由此也可以印证，带着草香味的乡间谣曲，总比市井里的靡靡之音，要有意思得多。

2022年9月4日

在洞庭湖的深处

沈念是楚人，却有湖湘之地少见的柔性。他的《大湖消息》散发着南国水乡的气息，传统的楚调里，杂糅了不少今人的愁绪。这不是一般意义上的自然生态的记录，它的维度交错着新旧之图，进入其中，才知道洞庭湖内外，流动着未曾听到的声音。

过去的乡土作品，是游子的回望式表达，有着某种距离感。沈念却深潜于故乡的水中，生命的感觉如雾一般笼罩着全书。由生态意识生出的悲悯感，使他出离了一般写作的套路。不都是天人如何合一的憧憬，而是时空缝隙间的种种世相的描述。此书写护鸟人、毒鸟人、打鱼人的行迹，以及湖区生态变迁史，好似在拷问着我们的心。人在自然中的觉态，不都是诗意，有时面临着风与漩涡的惊险。滑过水波里的人影，却刻有凡人的苦乐，那些转瞬消失的存在，一旦定格，就会发现，未被认知的存在恰是我们自己。

我们北人，常年面对风沙，对于水乡的波影是神往的。一方面《大湖消息》满足了我的好奇心，另一方面我也被作者带入陌生的体验里，阅之增识增感，知道了江南水乡艰辛的一页，从而引发的惆怅一时不能散去。洞庭湖是个神奇之地，我们这些外人看它，在浩渺的烟波里好似掩映着旧岁之梦。从地理方位上说，这里属于楚文化的一部分，但在作者笔下，旧绪已经不多，内中的人与事，掺着太多的生存悖论。作品所述故事都很别致，麋鹿、江豚的保护，看得出人与湖之间的无穷纠葛。而对于水边百姓生活方式的种种表述，是一种立此存照，也多少有地方志的意味。

常年穿梭于此的沈念，留下了岸边人与事的影像。舟上人家、撒网之人，过去与现在之影，连成了一片。我们今天讲自然生态，其实也是人的生态。绿水青山能否保持，依赖的是人的觉醒。但在传统的惯性里，自然与人，疏离的时候居多，人对于鸟类、植物的观察进入了盲区。当人们还不能以明澈之心对待万物的时候，不可思议的暗影随时可至。

沈念写水边的人与物，是忧伤的。

他作品的语调流动着寂寞和孤独之曲。在自然生态失调与调适里，人当何为？在学院派看来这是一个学术话题，而在作者眼里，乃最基本的生存难点。看得出，在写作的过程中，作者一直纠结于此。对于一个写作者而言，概念并不重要，那些刺激了他自己的一切，才可能增强他对于世间的识别力。

他的作品对于湖区日常生活的辑录，我尤为喜欢，以为显示了作者的功力。《化作水相逢》写出一个无名少年的天真、孤独之状。少年对湖内生活的感受，那么细致而真切。迷失于水中的日子，也许源于梦的破碎。走不出湖岸，天地是单一的。死亡到来的那一刻，文字里有作者的无量之哀。《致江湖儿女》的诸多片段，都无不在苦影之中，其中《人间客》女主人公的故事，有点杜甫式的笔调，女人从老家跑到流动的戏班子，又从戏班子逃到湖区，做了渔民的妻子。虽有了爱与家，但命运并非平直的路，丈夫的落水而亡，使她的快乐之光消失了。这让人想起废名的小说，废名也写过水边的故事，但那寂寞与苦楚是古诗中的绝句，有宁静里的超然。但沈念是带着痛感的，水波里跳动着难掩之苦，作者说"她述说那些过往，每个字眼都发出了波浪起伏的共鸣，如一名大提琴手演奏着所有悲伤的低音部"。这是恰当的比喻。我们看《大湖消息》，其实未尝不是一曲大提琴的演奏。

在生态恶化的年月，人的悲剧是不可避免的。《圆形之夜》写儿童在湖区的恐惧感以及这儿童成年后在造纸厂抵抗污染的行为，之后的不幸未曾中断。沈念由一个家庭和湖区生态之关系，看到世事艰辛。在《云彩化为乌有》一文里，主人公是个舍身救人的英雄，但他却是受尽人间大苦的人，丧子，孙子残疾，都未能压垮他。作者于此感叹水上世界的严酷，读到这里我们感到了挥之不去的痛苦，古人关于洞庭湖浪漫的勾勒，被沈念置换成了冷冷的现实的诗。

沈从文与汪曾祺笔下的水乡，有一点古典绘画中的静谧之韵，王尧的水边民谣有了苦楚的东西，这苦楚是时代语境的折射。但《大湖消息》里的故事，既非古典的也非时风的，乃人的存在困境的警示。它告诉我们人和自然的关系失去平衡时，原有的存在方式已经成为羁绊。那么，什么是有意义的生活呢？沈念没有回答。

此书不是解释存在应是什么，而是它本来是什么。这也恰是五四以来知识人写作的一种心愿。沈念有意无意间走在这个话题的延长线上，浑厚、苍然之感中，衔接了一个被漠视的传统。

这一本书的写法不同常人。我们的作者是有诗人气质的，他在文字里埋着滚动的内觉，描述湖区鸟的迁徙，声音、色彩，细致而美丽，心绪也颇为广远。他不再拘泥于地域文化的凝视，而是以带有某些超人类性的方式呈现生命与自然之间的关系。这使此书不仅逼近乡村史，也碰撞出几许追问生存哲学的火花。有时候，沈念也模糊了散文与小说的界限，使读者不知道此书是纪实，还是虚构。虽然有点过于用力的痕迹，但探索的灵光，唤醒了我们沉眠的内觉。

《大湖消息》传递的是来自水边世界的启示录。那些为了改变生态而劳作的人，还有不知道姓名的艰辛摆渡的人，深味水性，也值得久久感念。流动的波浪是历史的镜子，许多微小的存在悉被收录其间。沈念说："在与水的对视中，我看清人，也看清自己。"烟波中的洞庭湖，有无边无际的芦苇，它们在沈念的笔下，是会思想的叶子，在摇曳之间，光影斑驳，百味顿生。

2022年3月6日

叩门者

　　白话诗的出现，是现代文学的一件大事，人的内觉终于从笼子里飞出，不再受士大夫的调子限制，词语保持了活力。因为不同于古人之作，意象与格式都是别样的。这一新形式虽由胡适倡导，但实则是一代人共同努力的结果。以现代人的语言，表达现代人的思想，读起来不隔，有时甚至倍感亲切，这是它的生命力之所在。

　　一般人读白话诗，希望在陌生的感觉里有一点惊喜，精神有着历险的快意。如果遇见旧岁珍奇的版本，就得了另一层隐含，由读诗而去读人，收获的就不仅属于审美的花絮，多了诗与史的互渗，话题也丰富起来。张建智先生是个有心人，他的这本《绝版诗话三集》，从旧的版本说开来，由诗而人而史，在冷僻的路上觅出诸多遗迹，给我们以阅读的欢心。作者游走于那些很少被注意的文本间，将旧岁的尘纱渐渐剥落，文学史被遗漏的人与事，就由远而近，一点点飘来了。

　　诗人的世界有世俗所没有的灵光，许多有情怀的人，在日常的凡俗里，发现神秘的存在，体验出对存在的异样理解。因为在日常逻辑之外，诗人瞭望到的是看不见的存在，自己往往却在苦海中挣扎。所以，我们看那些美丽的词语背后的作者的人生，感到空灵与实有的反差，其间的所指，总有非同寻常之处。诗内诗外，那些纠缠人生难题的地方，也是读者喜欢留意的。民国期间有多少诗人，我们不太知道。一些人不幸淹没，文字也散落暗处，时间久了，遂不被人道及。张建智谈的毕奂午、刘大白、韦丛芜、石民等人，文学史写得不多，有的甚至未被注意。这些人的最初诗集，背后都折射着时光深处的光点，从介绍中能领略到往日的余痕，知道民国时代知识人的样子。像毕奂午先生，本是很有潜力的诗人，后来却从文坛隐去，其苦楚经历，也像一首凄婉的诗。再比如曹葆华先生，过去人们仅以为他是翻译家，未料也是诗人，且与陈敬荣有过难忘的友情。他们的经验对于今天的青年人，也不无警示的意义，看那些苍凉的文字，是深感苦岁寻路的曲折的。

诗人的写作，能像兰波、里尔克式的人物毕竟太少。文本上被后人深记的也毕竟不多。那些普通人的作品，并非没有价值，倘细心看诗人与时代的关系，漂泊于尘世的光和影，对于认识人性与时代，也不无意义。韦丛芜现在已没有多少人知晓了，但回望他在未名社期间的翻译与写作，也轰动过文坛，只是后来滑落到暗地，才华便凋落了。废名的新诗也是好的，涩与怪，灵与思，跳动着一种曲线，婉转里有六朝式的清俊。张建智先生写这些远去的诗人之影，有发现，善理解，也带深思，文字是秋水般的明澈。民国诗人不求闻达的时候，文字都很可爱，在瞭望那些人物

叩门者——

153

时，我们便会知道时风里遗失了什么，内倾的文人何其脆弱。他们花一般凋落后，唯有风还记着些许味道。而诗话家，便成了那不凡的捕风者，在搜寻与体悟中，有意外的收获也是一定的。这一本书在诗人的形影里，也写出了域外文化投射到中土时的变异。比如关于徐志摩与汉园三诗人，背后都有多致的背景，C.F.女士的翻译，如花雨般落在枯寂的土地上。那篇介绍路易士的文字，就有沧桑之色的印染，不仅有审美的力度，还借着张爱玲和马悦然的目光，照出现代诗的幽微。读到战乱中的心灵的游弋，人如何克服内心苦楚，以飘逸的词语寄托爱意，便感到独思者的价值，那些没有沉沦的精神，才留下了岁月之声。今人要听懂它，也并不容易。

许多诗人往矣，而文字还留着温度，那些已经绝版的书，久久睡在安宁的地方，仿佛期待着知音来，倘真的有人为之传播，那也是幸运的吧。诗魂是可以穿越时光，因了阅读而再生的。凝视那些锈色的书本，会隐隐感到未曾经历的路径，吸引我们去叩那深锁的门。张建智先生就是这样的叩门者，他让读者领略到了未曾见的风景。

诗话是一种有趣的文体，在钩沉史料之余，亦带回味之趣，或闲言闲语，或思想探究，于不经意间，有幽情散出，读之益智而又怡情。过去的海派与京派一些文人，喜欢写此类文字，形成很可观的传统。这类文章的好处，是像学者的散步，不必故作高深，本于心性，源于史料，从斑驳的旧影里觅出新曲，是有精神品位的。图书馆见到的诗歌论著和诗评集已经不少，多端着架子，可深读的有限。但诗话写作，则以神遇而得深趣，乃自由的游弋，对于读者来说，更为亲切。然而那些时髦的学者与教授，多数是写不出类似的文字的。

多年前有过湖州之行，有幸结识了张建智先生。知道他研究民国史，喜谈掌故，趣味带有雅音，是文质彬彬的儒者。读过他一些钩沉史料的文字，觉得内心自有定力，文字是安静的。这大概与湖州的历史有关，那里自古出了不少文人，宋元以来的遗墨，至今依然可以感到一二。湖州的文脉，令人羡慕，明代以来的一些旧迹，对于今天的读书人还是大有影响的。这一本书，让读者也走近了作者，仿佛听到他的谈天，慢条斯理中，余音袅袅。也如站在一幅旧画前，满眼的旧岁片影。大凡衔接了前人文脉者，都不太会迎合时风。凡此中人，都可一叙，或成为朋友。忽想起湖州人赵孟𫖯所作文字，有从容飘逸之美。倪瓒说他"高情散朗，殆似魏宋间人"，不无道理。古今的文心与诗心，并非隔膜的，每有遇合，都可以记之，藏之。

2021年9月28日

文心一角

　　友人朱航满来信，希望编一本序跋集。我搜寻了一下，一点点凑了起来，数量竟然有五十余篇。

　　我有一个习惯，翻看别人的书时，会先浏览一下前言或后记。这大概是了解作者写作缘起和书的内容的一个线索，其间的提示和简介，都有参考价值。当年读一些理论的书，有的云山雾罩，不得要领。倒是一些题跋，解开了其间的某种谜团。所以，这类文字不过是关于写作的写作，感慨的感慨。记得最初接触《文心雕龙》，不知道题旨何在，后翻看作者后面的《序志》，说写此书不过"本乎道，师乎圣，体乎经，酌其纬，变乎《骚》"。于是许多疑团消失了。刘勰也坦言，要说清文章之道，并不容易。这可以看出他谦虚的一面。我们说序跋之属，有作者心底的原色，也是对的。

　　书的世界思想驳杂，无意中有许多时代的痕迹和知识的碎片，内中理直气壮的一面很深。不过有的书的作者，不一定是底气十足的，这看他们的序言，就能够感到作者的本意。比如陈独秀吧，世人都知道他狂放，但《独秀文存》的自序就谦和得很，陈氏自己坦言，所写的文字，不一定都有价值。对于那种藏之名山的野心者，他是反感的。这就看出作者的真。有一些作家和学者喜欢与读者捉迷藏，在书中埋藏一些玄机。但看他们的书后语，还是露出蛛丝马迹。一个人要脱离时代的语境是很难的，私人语境的背后，也有历史的遗存。由个人看时代精神，可嗅出许多别样的气味。像顾颉刚《古史辨·自序》，就衬托出北大新学风的背景，坦言自己受了胡适、钱玄同的影响。那文字很谦和，不像日记里那么自负，公共话语与私人话语毕竟不同。读序言，也不能都信作者的话，要总体考察作者，需要不同资料的对比才是。

国外的作者序跋如何，我读得少，没有整体印象。但我以为介绍外来的书，往往还需要一点导读才是，如果没有译者的介绍，对于许多内容就不得要领。比如法国作家马塞尔·普鲁斯特有一本《驳圣伯夫》，初见此书，不知道什么意思，看王道乾的前言，才知道他为何要翻译此书。这个序言写得有学问，有文采，读了那文字，才知道王小波为何那么欣赏他的译笔，因为它不仅传达出审美中微妙的感觉，还体现了不凡的判断力。比如他引用法洛瓦的话说，《驳圣伯夫》既不是小说，也不是论著，而是"作品"，有着"法国十九世纪象征主义诗向叙事诗性作品中延伸的痕迹"。简短的几句描述，全书的特点就从深处浮现出来，面目就不那么朦胧了。

序跋这类的文字，有特别的功能，或是导览，或为心绪的独白，没有一定之规。好的序跋，自然也有文学性。《兰亭集序》乃

文心一角

157

是千古名篇，由此可以想象魏晋的风度和诗意的流转。韩愈《张中丞传后叙》唐人的情调、意志和文章之风，都历历在目。王国维《甘陵相碑跋》《唐贤力苾伽公主墓志跋》《宋赵不渗墓志跋》古朴苍劲的文字里，隐约见出作者的如炬目光，古风里亦有今人智慧，对于了解金石学与考古学，都有帮助。这些不经意间经营的文字，都有意思，我们这些俗人，往往是学不来的。

当代作家中，序跋写得好的有多位。小说家宗璞、贾平凹、刘庆邦，诗人中的北岛、西川、王家新、欧阳江河，都有佳作，有的保持了古代题跋的遗风。我们时代的许多光影，也折射在他们的文字里。贾平凹有一本《前言与后记》，是作者代表性的序跋集。他不同时期的作品和心绪，在此都有交代。谈论自己的时候，只要抱有诚意，文字都是引人入胜的。不必用一些口号装饰自己，否则与读者的距离就远了。章太炎曾经说，序跋是不被学者看重的，意思是属于"小道"。但文人在随意时写的文字，可能比政论里的大词要真，所以后来就衍生出书话这种文体。二十多年前，姜德明先生邀请我参加他主编的现代书话丛书工作，《鲁迅书话》是我编的，收的多为序跋类的文字。这类文字看似任意为之，但能够于刹那间，体现出宽阔之意，方寸之间，意思纷纭多姿。对于前人的文章，神往之而不能至之，是我们这代人的遗憾。

这一本书，有我自己个人的足迹，还留下与友人交流的影子。某些地方也受到了环境的影响，行文不免芜杂。我近些年来一直在病中，所写之书不多，只是陆陆续续编辑了一些作品。有的间隔几年再版过几次，有的就默默无闻了。我们这一代人，读书很少，后来的写作，不过是补课，也是借此疗治自己的痼疾。所幸，赶上了改革开放时期，思想不再囚禁在一个地方，开始四面瞭望。自己不能飞起来，精神却可以驰骋于四野，造访那些陌生的存在。而所写的书，不过是心得，并无高深的学识。读书人最忌的是陷于单一的话语里，缺少自问和内省，词语也是贫乏的。我们这些以写作和教书为业的人，在摄取知识的过程中，不能不注意知识对于自我意志的限定。好的书籍会让我们不安于固定，由此可以走出新径。流动的、变化的精神轨迹，含有探索的光点，呆相的人，不能够有此形影。人间最难得的是率真与自然，装出来的文字总是没有意趣的。启功先生曾赞赏郑板桥是"秉刚正之性，而出以柔逊之行，胸中无不可言之事，笔下无不易解之辞"。这是很高的境界，每思此言，则感到鼓舞，倘能如此，则俗气渐远，真意顿增，世间好的作品，也大抵如此吧。

2023年3月11日

《苦雨斋旧事》后记

　　二十年前着手写这本书时，不过是一次历史知识的补课，乃零碎的笔记，所记的也无非粗略的感想。自2003年问世后，一直没有修订。中间再版的时候，被出版社修改了书名，与我先前的本意稍有出入。我一直想重写这部旧稿，且弥补以往的遗漏，但因为忙于别的杂事，此次只增添了几篇新作，以补当年的遗憾。现在想来，对于旧作一直不能尽心重写，眼看着时光一点点流逝，无力去做一些想做的事情，自己也颇有些无奈。

　　周作人及其学术圈，乃民国京派文化的重要一隅。研究这个群落，当看见彼时知识人的另一种命运。在中国这样的国度，知识人常常处于尴尬的地步，在变动的环境里，政治风云一旦笼罩学术话语，自己的优长能否保持，乃是一个疑问。灾难来了，学术与时代应是何种关系，说起来容易，做事的时候，则多是举步维艰。这个群落里的人，就生活在这样的窘态里，我们现在瞭望他们的模糊的足迹，似乎也可以体察到选择的不易。见到那些饱学之士陷于困苦而遭厄运，则不能不深以为叹。这样的历史困局，古已有之，现代新文人还在这样的轮回里，我们的感受一定是五味杂陈的吧。

台静农在抗战时期看到周作人的苦境，曾有多篇文章谈论自己的感受。台氏虽然是鲁迅的弟子，但趣味与周作人多有暗合之处，他对于刘半农、徐祖正等人的好感，也在文字间流露一二。北平的一些学人一方面清醒于时局，一方面又在苦水里安之若命，在台静农看来这是一种错位。他在遥远的重庆悲悼周作人的陨落，代表了那个时代人的基本价值走向。苦雨斋的不幸，也是现代文学的暗点之一，在悲悼那些不该失去的风景的时候，悲悼者也在悲悼着自己。

许多年后，人们在回忆北平的文化风景时，淡去了政治风云，凝视那些思想的遗存，对于苦雨斋周围的一些知识人的趣味一直未减。台静农在《北平辅仁旧事》中，就很是怀念沈兼士、刘半农这些旧友，对于那些出入于苦雨斋的学者的成就，也是很赞佩的。这构成了一种矛盾的心情，也把苦雨斋人的丰富性描画出来。"人生实难，大道多歧"，在艰难的时期，也有坚定的思想者没有滑落到深渊之中，这也是庆幸之事。张中行后来回忆北平的知识界，就分出了那时候的不同层次，日伪时期的读书人，有不同的路径。这种炼狱之苦，也造就了一批颇有耐力的思想者。我们细细分析那时的不同人生，多少可以体味到司马迁式的悲慨。

文人在国难之中不能自持，或者不得不选择违背自己的信念而生活，是莫大的悲哀。但面对苦楚，倘能咬紧牙关，不怕牺牲，总还是可以渡过苦路的。清人入关的时候，傅山拒不仕，冲荡的气韵缭绕在文字之间，指示着国人的灵魂。易代之际文人能够既有气节又有意志，其行迹自然汇入圣洁般的图景里。这是一面很大的镜子，也是我们灵魂的先导。五四过后，鲁迅、陈独秀、胡适都有此类遗风。我们现在回望那些人，做到此点的，人数有限，而更多的是顺生而去或沉默而活。分析这段历史，极为重要，我们看历史的轨迹，从不同的人生里得到诸多的体味，也是一种收获。

苦雨斋群落里的人不都是唯唯诺诺的，他们有许多保持了气节，又能在沉默里继续五四未竟的事业。这说明京派文人的内心的定力。钱玄同、沈兼士、俞平伯等人的道路，都能够注释现代知识分子的心路的内涵。我们现在回看往事，也为有这样的知识人深感欣慰。评价历史人物，不都是从政治层面为之，他们内心的体验、审美的意识以及处事态度，都对今人有正反两方面的意味。

当年我写这本书时，苦雨斋的院落还在，那时去八道湾，依稀可以辨认民国时期的老北京的旧迹。前几日去造访这个老宅，已经被一所学校占据，房子保留了，而整体旧貌已无，周边的环境完全没有当年的风景。一个重要的文物区域，就这样消失了。而更为可叹的是，当年那些人思考问题的方式以及表达思想的方式，也渐渐远去，青年人对于苦雨斋的学人、作家的思维逻辑，也完全陌生起来，好像是未曾有过的存在。那些远去的人与事，就入世的角度和思想的格式而言，对于现代教育理念，未尝没有价值。不能够保留遗产的多样性和学问路径的多样性，我们的大脑，真的只有一个和几个可怜的空间，这是对现代文明的切割。在记忆消失的时候，我们即便跌入历史轮回的暗区也是未曾察觉的。

在这个意义上说，现在重提苦雨斋故事，未尝不是一种回望中的内省。只是我的笔触笨拙，不能都深切还原当年的一切，而叙述中漏掉的思想，也有许多。当年写这本书，我还在做记者，材料的运用和学理的思考都不到位，因为考虑是普及性的读物，也省略了深度思考。倘若青年因为这本书的线索而再去关注他们的遗产，了解更为丰富的存在，我的目的也就达到了。过去写这本书就有这样的期待，至今的意思也依然未变。

2020年7月28日

《汪曾祺散文》小引

　　汪曾祺被认为是京派作家，但他又与这个流派的象牙塔气味多有不同。在散文作品里，他融汇了诸多传统。明清笔记，市井词语，戏曲念白，在句子里浑然一体，读起来朴素自然，然而辞章的背后，又多有余音，细细听起来是一曲典雅的乐章。

　　在《蒲桥集》自序里，他说："我是希望把散文写得平淡一点，自然一点，'家常'一点的，但有时恐怕也不免'为赋新诗强说愁'，感情不那么真实。"这看出他对文章之道的心得。古今许多文人的写作，每每不忘大的道理，语句是板着面孔的。汪曾祺受废名、沈从文等人影响，多的是个体之思，笔带幽情，延续了反道学的传统，在白话文普遍粗鄙化的时候，他的笔致使汉语从无趣中走了出来。

　　从一开始，汪曾祺就不属于主流作家，文字都在溪水和小道边上，指向的是普通的什物。不过文本背后的知识背景驳杂，文章家的积习和谣俗学的喜好，在他那里都有。他的文字率性而为，没有刻意的地方，下笔时也不用力，许多是即兴式的描述，人物、山水、风情，就那么有趣地飘在眼前。他的文章有点像风俗画，流露出人间诸多滋味。如此泼墨为文，便与宏大叙述剥离开来，回到了个体生命里。可以说，他的文字唤回了休眠的感觉，生命内在的门被一点点打开了。

1980年，他像个天外来客，突然出现在文坛。他的句子里流着清风白水，时空仿佛有了倒转。文字呢，含有旧式读书人的某些积习，但又很有现代感觉，旧的辞章在他那里获得了一种新的品质。也由于此，汉语有了一种宽度。那些杂学闪动着灵光，知识像碎片般浸润在字里行间。他所写的高邮、昆明、北京、张家口等地人文地理，有着历史之影的投射。谈古论今的句子散出驳杂的见识，一洗旧尘，有不少的意味在。善于以旧史、古诗、民谣穿插其间，寻常之间风趣漫漫。他看山看水，有着儿童般的眼光，衣食住行与土地里的遗物都唤起了自己的好奇心，而这纯然的眼光也激活了在土地里沉睡的旧绪，让我们知道一切都在时光的延伸线上。这时候我们会因之受到暖光的沐浴，获得更多的启迪。

到了晚年，他的文章已经炉火纯青。那些回忆生活的文字都很美，记人记事，传神而灵动，生活中美丽的形影被一一记录下来。《泡茶馆》《跑警报》对于西南联大生活的记忆，苦中带乐。诗意与灵思在时光深处浮出，满篇沧桑之美。《星斗其文 赤子其心》《金岳霖先生》，有一般人没有的眼光，每个画面都是活的，沈从文等前辈的诗性与智性历历在目。《老舍先生》是一篇韵致深广之文，慢慢道来，又缓缓收尾，感叹于花的凋零，于生活情调里捕捉精神要义。在诸多往事里，审美的铃铛晃动着，将死去的日子摇醒，四面是爱意的流转。笔法中白描的居多，人物活在文字里，好像随时会向我们走来。那些长者、智者、失败者，都有可以感念的瞬间，他们身上牵动着历史的衣角，闪动中露出旧岁的颜色。今昔对比里，不由得叹之，怜之，爱之。人间的美质，就这样留在辞章的底片里。

汪曾祺的趣味广泛，风物、方言、野调、花草、鸟兽鱼虫，都在文字里有了灵魂，他写得慢条斯理，滋味横生。知堂先生写草木形状，乃绅士味道的飘动，汪曾祺则在烟火气里，透出市井百态。他身上有六朝以来风物志的余影，他从颜色、气味、声音里觅出人间可驻足、可赏玩的意境。像《故乡的食物》由今思古，寻常之间，考据出古人身边的调子，万物都有生命，天底下凡与人有关的，皆可成为审美对象。《城隍·土地·灶王爷》有写意，多考据，重体悟，是风景里的学问，岁时里的古物获得了一种诗意的表达。《泰山片石》《林肯的鼻子》一反士大夫的笔调，乃绵里藏针之笔，那种对于流俗不买账的样子，现出几分可爱。行文的留白之处，隐含的是不尽的情思。

汪曾祺也是难得的文论家。他喜欢品古论今，对于各式文论别有心解，许多思想又能被自如运用于当代文学的思考里。他的行文多孔子的审美元素，但庄子的潇洒也未尝没有。他偶尔也参照了伍尔夫的批评眼光，有时候仿佛以苦雨翁式的文字指点文坛。他点评沈从文、废名、阿城的文字都好，有一点书话的品相。但他又厌恶专业书评那种单一的文理，喜欢把文体搞得平淡而自如。

《谈风格》有一般批评家少有的审美体味，《谈谈风俗画》有超然之感，思想的分量也是有的。像《"揉面"》看似经验之谈，但可以引申出一个理论问题。中国文学理论家，常把诗学问题神秘化，多不能深入浅出。汪曾祺的文章，审美体味精准而广远，中国文章的内在道理，被生动地复原出来。

　　细细说起来，读者亲近他，多因了作品里超脱的人生态度。他的文字有着知识人的生命哲学，说他是将人生艺术化的真的人，也非夸大之词。《自报家门》有安于平淡的惬意，面对人间苦楚，处乱不惊，自有定力在。在无趣的时候能自我超度，没有内力不能为之。《多年父子成兄弟》，才真是人间挚爱，自由精神热流般涌动。有时候看似温和，其实也有知识人的道德坚守。《随遇而安》就拒绝奴性主义，不随波逐流，心存暖意，在灰暗处亦有光泽的闪动。他虽然安于平淡，对利己主义也是警惕的，他在1986年所写《八仙》一文就说："在克制欲望与满足可能的欲望之间，保持平衡，求得一点心理的稳定。达到这种稳定，就是所谓'自在'。'自在神仙'，此之谓也。这是一种很便宜的，不费劲的庸俗的生活理想。"从这一句话看出，他与五四传统是相通的。

　　五四前后的白话文有一股谈话风，汪曾祺深得要义，且扩大了其内蕴。他的文章是聊天式的，不是装模作样，没有"文艺腔"。民间百态经由其笔，有了文气。而古雅的遗物，在他眼里也带出生活的气流。他警惕文章的虚伪，心里流出的话，从古人文脉边掠过，穿行于村镇与河谷之间，遂雅俗共赏、老少咸宜。

　　同代作家中，文章像他那样出神入化的不多，他可说是少有的文体家。从陶渊明到张岱，千年文脉悉聚笔端，《容斋随笔》《梦溪笔谈》的灵动与有趣也得以延伸。看得出他对语言十分敏感，讲究对偶，兼顾平仄，短句中长气缭绕，碎语间有逻辑的延伸。汉语书写已经有几千年的历史，每个时代都有好的文章家在，且丰富了辞章的表达。汪曾祺对此是十分留意的，从台阁到山林，大凡有趣的文字都曾注意，慢慢悟出道理来。他常讲，包世臣说王羲之的字，看起来大大小小，单看一个字，也不见怎么好，放在一起，字的笔画之间、字与字之间就如"老翁携举幼孙，顾盼有情，痛痒相关"。他说"安排语言，也是这样"。联想汪先生自己的文字，也是远近呼应，不动声色中，已经暗香浮动。那文字看起来平平常常，但多层意味袭来，觉得有无尽的意思。这是领悟了母语魅力的人才有的章法，有人说，他身上有一点苏轼的影子，我以为是对的。

汪曾祺之后，有此韵致的作家甚少。读其作品，像照一面镜子，照到了过去，也照到了现在。这是汉语的尊严，平和的文字中，我们也感到了先生的尊严。

2021年12月15日

《寻路者》余话

许多年来，五四那代人一直吸引着我，我研究新文化社团的思想，用去了许多时光。《寻路者》就是关于这方面的心得，大致留下了当年思考的痕迹。去年在友人的建议下，我开始修订旧作，感到过去的文字还显单薄。于是，所述人物多了几位，力求以补过去之不足。然而直到收笔的时候，与自己心中的目标，还有很大的距离。

我在青年时代，徘徊于做学问与创作之间，曾经困惑于自己的职业，对于存在的理解颇为犹疑。八十年代，与许多人一样，我如饥似渴地恶补知识，读过西洋的诗学理论，看过古代文章，可是不能融入其中，因为一些问题意识无法在那些表达式里呈现，辞章逻辑被什么限定了。这结果是表达生硬，思维缺乏伸展的空间。后来我到鲁迅博物馆工作，进入一个特殊的环境，慢慢地，我的思想与审美观发生了改变。

博物馆注重的是对旧物的陈列，以场景的还原再现历史。这个过程自然有思想的投射，但因为以史料为主体，精神是敞开的，不同遗物折射的故事不同，告诉我们的是有宽度的空间。这给我很大的刺激，也隐隐地意识到，从基本资料出发的思考与书写，比起教条式的表达，意义更大。过去的日子，自己在概念游戏中，待得过久了。

我所在的办公楼旁有许多藏书，我可以随时翻阅以前的报刊。上班的日子，阅读了一些五四以来的资料。感兴趣的是《新青年》《小说月报》《语丝》《莽原》《新月》等原刊。最有意思的是看到了作家原稿，从旧的纸张间嗅出前人的气息。在接触这些旧刊时，我发现那个时代的精神缠绕着多样形态，知识人在困境中，各自走了自己的路。他们冲突有之，对话亦多。重要的思想的闪动，也照出存在的多种样式。而我们的文学史与现代史对于彼时社会的描述，大抵遗漏了什么。

有的时候，我偶尔也参与了文物搜藏、征集工作，见到了过去没有接触的旧物。比如，我曾与林辰先生接触过，看过他的藏书，被许多版本所吸引，才知道做学问最基本的准备是什么。林先生去世后，我与朋友清理他捐赠的书目，翻看一些未见过的刊物，对于过去的文化行迹自然多了心得。他的文章好，与懂得历史文献有关，古文的功底非我们这代人能够企及。曹聚仁先生称赞他的厚重，大概就是指他对于文献的功底。我从他的文字中才知道，学问的文学化表达要有多方面修养。做到此点，要下许多气力。

从斑斑点点的遗物中，我们可以触摸到历史的一角。研究室有位前辈江小蕙老师，是鲁迅的朋友江绍原先生的女儿，她退休后给博物馆捐赠了大量的信札。我看到鲁迅、蔡元培、胡适、刘半农、钱玄同等人的墨宝，似乎感受到那些人交往时的片影。我与几个同事整理她的赠品，理出了些有趣的学术线索。最大的启发是，彼时的学人，样子不一，率性之中，有着传统文人的一面。这些人新旧交错，学问与趣味也有脱俗之美。他们何以丰富了现代学术，其间的蛛丝马迹，亦可视为一种注解。

真正触动我的是，在博物馆接触了一批文章家。那时候我参与《鲁迅研究动态》编辑工作，杂志的栏目很有五四风格，随笔栏目、资料栏目颇为活跃。负责编辑业务的老师大概也受到民国杂志的影响，趣味是驳杂的。不仅有论文，也有随笔、考据和译文版块。上面还能够看到老一代作家楼适夷、黄源、梅志的文字，他们的短文，有许多都是值得反复咀嚼的。来往博物馆的学者很多，也不乏一些现代文学研究专家。像唐弢的学术随笔，林辰的考据短札，姜德明的书话，都很有意思。在我看来，他们的书写，延续了鲁迅那个时代的遗风，在领悟社会与解析思想的同时，保持了汉语的温度。

看见这些人的文章，我震动之余，也反问过自己，为什么我们不会这样表达？后来又认识了汪曾祺、张中行等前辈，才慢慢知道汉语的多种路径。从材料出发，思考现代文学的来龙去脉，是博物馆系统和非学院派作家的一种本领，五四遗风有魅力的地方，大概也包括这些。不过，我们这代人基础较薄，阅历有限，对于鲁迅那代人的理解有着诸多障碍。在最初几年，我一直不敢下笔，思想与材料尚无法形成一种对应关系。

这一本《寻路者》的主要文章，是友人催促的结果。有一次遇见《十月》的主编王占军先生，他请我开一个专栏，谈谈五四那代人。我知道这是对我的信任，便随口答应了。后来才知道，要处理的难点比想象的要多，于是一写就是两年。那时候白天忙于行政杂事，晚上伏案写作，却并不觉得疲劳。以感性的方式面对史料，能够发现诗意的存在。五四那代人，有着真纯之气。驻足那些旧迹的时候，不仅得到思想的洗礼，也受到了美的灵光的冲击。

如何定位新文化运动中人的精神形态，以艺术的方式将其呈现出来，是许多人感兴趣的话题。那代人的不同道路，对于后来人的影响至今未消。我后来发现，将这些前辈看成寻路者也许更符合实际，因为他们都是不同路径的开辟者。鲁迅的抵抗之影，陈独秀的孤傲之气，老舍的帝都之音，还有巴金的超俗之韵，撕裂了旧的词语之衣，古老的汉语流出了新浪。新文化运动，可以说是春水的涌起，所至之处，绿色泛波，花香飘动。在面对这些遗产时，我们有时无法抑制自己的激动。

写新旧之际的文化人与社会思潮，有不同的办法。我希望能够将彼时的学术趣味进行文学化的表达。记得张中行先生在《负暄琐话》中就是这样处理记忆的。不过他是亲历岁月后的反观，有温度与爱憎。我们追踪那段历史，总还有隔膜的地方。所以，倘不是深潜在资料里贴近文本来描述旧影，总还是隔靴搔痒。要避免这种局限，就不得不放弃以往的写作方式，调整叙述语态。与前人对话，谦卑与冷静都不能缺。而寻找一种属于自己的表达方式，也正是确立自己思维方式的一种跋涉。我们说写作不都能看成是一种游戏，也有这方面的因素。

比如写未名社的那一篇，事先看了一些材料。鲁迅为韦素园写的碑文，也在博物馆的资料室里。看那些同人办的杂志，刊发的多是译文，差不多都是俄国文学，从陀思妥耶夫斯基到安德莱夫，文字都有些苦涩。他们的译作，思想性的部分，透出译者的追求。比如李霁野所译《文学与革命》，是鲁迅催促而成的，因为此书，几位青年不幸入狱。未名社几个作者留下的资料，有被人忽略的信息，那时的文学活动，并非都是闲适的产物，他们还是怀揣着梦想的。我们的老馆长李何林先生是未名社后期人员，他偶尔和人谈起青年时代的样子，一方面是革命，一方面是文学，生命呈现着燃烧之状。李先生一生追随鲁迅思想，与时风一直有着距离。馆里的老同志，受他的影响很大，以致单位的风气，仿佛也散发出未名社的一些味道。

五四之后的新知识人，有许多是精神的冒险者和引领者。我在描述巴金的时候，重点谈及了他的精神品位中圣洁的形影。我从巴金纪念馆得到的图片与手稿复印品中，体味到他纯然的一面。他在鲁迅启示下的寻梦之旅，对于世俗化的读书人无疑是一种拷问。描述这样的作家，也是一次自我教育。虽然巴金的矛盾与缺陷影响了他的深度，但他那种不断与灰暗决裂的跋涉勇气，也正是我们这些世俗之人最缺少的。

人的一生，走路的方式无非有两种。一种是沿着前人铺成的路而行，不需要思考，传统的士大夫是这样。一种是在没有路的地方走路，或遇到丛葬，或碰见沟壑，这就需要探索精神和毅力。五四那代知识人，有许多是这样的状态。现在回望这些寻路者，描述他们，许多时光深处的遗存，只变成了几许片影。满足于片影的捕捉是不够的，微茫之间，亦有非同寻常之意，细细体察，那些片影下面是无数坚毅的足迹。它们述所由来，道其所往，是一条迷人的精神之图。坦率说，写透前辈的形影，并不容易，要悟懂他们，也许需要用一辈子的时间。

2022年4月3日

读《孙犁年谱》

　　孙犁在世的时候，研究他的著作就已经很多，有了一定的规模。我曾经读到他的传记，好奇于其身世与创作的关联，对于其人其文，不无感慨。他经历了战争，在苦路上走了很远。革命胜利后，也没有"坐特等车，吃特等饭"，还是原来那个朴素的样子。他的文字像在泥土里长出的树，枝干与叶子都鲜美得很。

　　《孙犁年谱》是我久久期待的书，近日细读一过，有不少意外的收获。作者段华，是孙犁晚年的小友。书很厚重，有许多前人没有留意过的内容。看后记才知道，作者写此书，用了三十年时光，可以说是倾尽心血。过去读孙犁的书，许多细节不甚了然，看了年谱，眼界大开，旧岁的面影一一闪动，先生的形象也更为清晰了。

　　作家年谱隐含着诗文本事，也是人文地图的一种。孙犁的文字，牵动着现当代文学史诸多的神经，包括那些未被其写到的旧事，也有着不小的史学价值。读年谱，有些谜底被一一揭开，有的则让人顺着思考，深入了解以往的烟云。不同时期，孙犁都与大的时代有着深切的关系，但他自己又不在热闹之所，是文坛的普通一员，我们经由他的眼光，可以看到岁月深处的流光。《荷花淀》的写作，是在延安完成的。孙犁何以去延安鲁艺？都做了什么工作？我过去对此朦朦胧胧。段华笔下对他在延安鲁艺前后的活动，给出了多条线索，我们由此知道那个时代作家的行迹含有的风尘。这是研究战争时期文学要注意的细节，孙犁的一些价值取向，我们由此清楚了大半。还比如，我对于二十世纪五十年代初文坛的风气，只有一般感受，但看年谱所涉猎的人与事件，就能感受易代之际知识人与革命者面临的挑战和内心压力。他与代表团去苏联访问的日子，所历所感，揭开了旧岁的一些面纱，新中国文学何以是这样而不是那样，这一问题无意中得到注释。这些旧迹的勾勒，对于研究时风很有价值，文坛的边边角角，其实有深意在焉。

现在想来，人们喜读他的文章，是因为那文字里有一股逆世俗而上的清风，这是文坛最为难得的。日本强盗来了，他没有躲到书斋，而是去了前线。新中国诞生后，他不求闻达，一直做编辑工作，默默培植了许多青年。当八股气笼罩四野的时候，他能够与之对峙，说一些别人不说的话，谈锋逼人，又多内省之言。他坦言缺点，承认失败，不以流俗尺子衡量是非，平常中有非凡的情思在。他既与时髦理论保持距离，又不忘乡土社会的风致，这使他在那个时代里保持了自己的个性。

年轻的时候读孙犁的文字，我感到了他的孤独，有些地方是不近人情的，性格里没有世故的东西。也由此，体现出他内心的清洁。但在段华先生搜集的资料里，我却感到了先生内心炽热的一面。对于青年人，孙犁先生是助力很多的。人情往来中，他真切而自然，发现了不少新的作家。与青年交往中，他能够给出合理的建议，又能指出他们的问题，这些在今天看来，都很难得。比如对于刘绍棠的文学理念，他好处说好，但又拒绝那些外在的东西。刘绍棠是得到几分孙氏真意的人，但刘的知识结构不免单一，在他最活跃的时候，孙犁泼一点冷水，是为了避免他头脑发涨。孙犁的阅读与研究功夫，他的学生大多未能继承。得其皮毛易，学到真经难。围绕在他身边的人，也有类似的感叹。

孙犁晚年读古书，比一般学人要鲜活，颇有质感。他因为兴趣广泛，按照鲁迅藏书目录订购古书，便显得品类驳杂，内容有趣。有关金石、考古、文学、博物学的著述，他都有涉猎，对于汉唐间的文章与艺术，别有心解。比如他亲近汉代造像，欣赏六朝之文，每每有妙得留下。他阅读唐人的文字，对于那种率性之笔赞誉有加，由此印证了鲁迅许多评述的精准性。唐代小说与文章，没有后来文人出现的毛病，文字尚简，词语传神，返璞归真。孙犁自己的写作，也是遵守类似的原则的。他读《沈下贤集》，叹境界之高，看唐人文章，佩服的地方很多，他引用《唐文粹·序》的话说："世谓贞元元和之间，辞人咳唾，皆成珠玉，岂诬也哉。"唐代文人，从韩愈到白居易，他喜欢的是后者，韩氏虽有气象，但就亲切度与真意而言，白居易的状态他最为欣赏。他认为，对于朝廷能看得较清，后来过着平淡的生活，是好的选择，因为能够活得明白，不用去附和什么。而那句"文章合为时而著，歌诗合为事而作"也符合孙犁自己的审美精神。孙犁与白居易相似的地方是，文字看似平白，其实含有深意，清澈中也有波纹闪动，道道涟漪，能传递到看不见的远处。

在作家中，孙犁是爱憎分明的一位，他读古书能够入乎其里，又跳乎其外，是把旧书读活了的人。他的见识也就通达、透彻。他有许多心得与书斋中人不同，不是嗜古者的自沉其间而不能自拔，而是以清醒的目光看世态炎凉。他年轻时就受到一些极左的批评家的批评，直到晚年，讥讽他的文章偶尔也能见到。有的是审美观不同所致，有的是因为言论涉及他人而受到的攻击。但他神态如故，笑对人间。年谱涉及的类似故事甚多，我们依稀看出他身上有点六朝人的味道。他晚年那些谈古论今的文字，其实也是现实感受的折射，他看重社会经验在书中的引入，而非空洞地讲道理。这与他自己的经历有关，他是把古籍与现世情形结合起来看的。越读古人的文字，越觉得一些旧史还活在今天，他的文字，也由此显得韵味悠长。

段华的文章中透出许多信息，比如孙犁晚年曾把自己最后一本书取名《曲终集》，身边的人都很反对，以为不吉利也。但先生执意如此。因为他已经将世间看破，觉得个人得失与荣辱不足为论。生于大地，回归大地，本是自然的现象，而他一生所得最多者，也是大地的故事。《曲终集》写他自己年轻时读书的感觉云：

> 余青年时期，奔走于乡间道路，常于疲惫时，坐于道旁冢碑座上小憩。回忆碑正面两旁，多有装饰画，其形制仍汉画遗

风。然碑面打磨平细，其刻法似是武梁祠风格，而非南阳画像风格也。"文化大革命"，北方碑碣全部打倒砸断，亦多用于砌猪栏，建公厕，作台基，私人收用者少，因视为不详，后之考古者仍需从这些地方，发见此物，此亦文物之历史规律也。

物尤如此，文运就更不必说了。孙犁的感叹，听起来让人有着苍凉之感。他对于万物万事的态度，有古人最为朴素的一面，自由里有丰富的意蕴。年谱中的孙犁，一直在忧患之中，但没有一点隐逸和自恋的情感，许多细节能看出他的气爽才丽。那些诗文，多系之于苦，得之于诚。细微处有冷冷的风吹来，将俗世的杂尘卷去，留下一片静美之地。在他那里，为文与为人是统一的，审美与信仰是一体的。尘世的种种不如意，并未磨去他的棱角，这才是战士应有的品质。

前辈治学，强调从人物年谱入手，这样才能够避免空泛之论。但沉浸于此，用心用力者不多。五四以来的作家年谱看似不少，而值得推敲者有限。年谱写作，不适合集体来作。许多人物年谱，集体写的都没有个人写的好，原因是质量不平衡，如果是项目制，那就更难保质量了。段华写孙犁的年谱，是精神需求，非一般功利之心使然。这是他生命的一部分，所以耕耘很深，思考亦勤。孙犁研究，本身就是一个现象，后人爱之而思之，思之复又寻之，就形成了一个小的传统。我们应当珍视这个传统，在这个世间，它虽只是点点微火，但是因了相传不断，总会将光热连成一片的。

2022年7月15日

在城与人之间

  过去靳飞写过一本《北京记忆》，那时候他正侨居日本，年纪也轻，但游子的沧桑感已经隐在字里行间。又过了许多年，他开始往返于中日之间，将东瀛艺术花絮带来，成了交流使者。因为他，我才了解了歌舞伎、能乐、花道等等。在诸多情趣间，他用力最久的是京剧研究，也旁及各类旧遗产的梳理，对于北京的感受，生发出许多奇想，辞章也有了一些变化。

  我结识靳飞和张中行先生有关。张先生学识深，又是寒士，保留了民国的许多遗风，二十世纪九十年代初出现于文坛，在平庸单调的读书界忽地刮起旋风。我们那时候都是他的读者，远远地看着先生，不太敢去接近，靳飞却欣然而往，随而拜之，所学者多矣。我后来与张先生熟了，在他的旁边常遇到靳飞，发现他很有老人缘，我能够感到，张先生的活动范围，与靳飞的趣味是交叉的。那么说他属于新京派中的一员，也是对的。新京派有个特点，学理方面有新康德主义气息，但趣味则处于雅俗之间，古老的艺术经由五四新风的沐浴，流出新姿。这些大抵都刺激了靳飞,原来生活还能如此理解,文章还可这样表达,那些被认为没有意义的存在,往往也藏有意义。

那时候靳飞不太愿意往当代文学圈子里凑,大概觉得那个圈子里轻浮的东西过多。他喜欢沉浸于寂寞处的那些遗存,凡发过光的,闪着智慧又被冷落者,他都有兴趣。他探访戏剧名家,对话书斋老者,交往中好奇之心浓浓,又能体贴着与自己性情相反的人。他在梅兰芳遗迹里得梨园清风,于张伯驹辞章中知士人苦乐,从周汝昌笔墨间看燕园风气……他对于晚清以来的城与人,都能有所领悟,知道那些沉淀下来的东西于自己有益。于是他便触之,视之,思之。他笔下之事,简中见繁;所述之人,奇而多趣。读人也是读书,在各种行迹中,也有课本里没有的内容。机缘相凑中,得之则多,识之亦广。他写作所依赖的资源,对于己身的进益有不少帮助。

因为这种积习日深,有人便觉得他像个民国遗少,精神是游移在时代之外的。不过,看他交往的老人,并非都是迂腐的京派,比如严文井是来自延安鲁艺的长者,绿原、舒芜属于七月派,季羡林乃海归学人。这也看出他的包容性与多元性。从吴祖光到刘绍棠、刘心武,可摄取的营养不少,文字感觉是可以传递到内心的。于当下文人之中,体味出做人之道和为文之风,古而不新,总还是问题。在远去的前辈中,他欣赏老舍、梅兰芳、张伯驹,细看他们的作品,都是厚重的,民国人最可取的精神,从此可以得到。同代的老人,他心仪的也多,他自己坦言:"对我影响最大的,依齿德排序,是张中行、严文井、叶盛长、李天绶四位。如果以理智感情为标准分类，张中行翁是理智远重于感情，叶老盛长是感情远重于理智。严李两位折中，但于折中之下，严理智成分略多，李感情成分略多。我和他们都曾朝夕相处，当我也过了不惑之年的时候，我才明白，学问上我得中行翁教导最多，做人上则更承继叶老的衣钵。我终于走上极端的道路，不能如文井天绥两公之平和。我努力在思考方法上贴近严，在做事方法上以李为范，然难矣哉。"

这便是由人及学，由学而文，由文向善的过程。这种学习方式，使他一直走在爱智的路上。具体来说，他以前人为参照，寻觅北京的文脉，并把延续文脉作为己任。北京这座城，大矣深矣，最可贵的不是那些帝王之迹，而是知识人与平民身上的创造精神。他从同古堂后人那里嗅到琉璃厂的气味，在梅葆玖的风采里感到梨园要义，而启功身上的"雅的律尺"，"是精中之精"，为世间最难得的。读人多了，便感到，晚清后的文化人，弥足珍贵的是，传统士大夫精神与西洋绅士精神的结合。梅兰芳如此，张伯驹如此，老舍大抵也如此。迷于古，易限于酸腐；过于西化，则与民气远甚。最好的境界，是梅兰芳提倡的"移步不换形"的艺术理念。梅兰芳曾受过新文学家的批评，但误解他的人甚多，其实梅氏的表演，是渐渐变化的，受西洋歌剧的影响也多。靳飞对于梅兰芳改革京剧的论述，对于我们这些戏盲来说，也不无启发。

九十年代的《北京日报》，曾有过一个《流杯亭》的栏目，靳飞是这一栏目很活跃的作者，凡是来稿，都不跟风，写的是家常之语，道的是燕赵雅趣。那时候新老文人聚文于此，有一番曲水流觞之趣。端木蕻良写古城遗址，是探究式的，并无城里人的视角；姜德明谈书事与文事，从外往里看，有时让人觉得他是这都市里的客人；陈平原提倡"北京学"，重音落在"学"上，其间不乏外来人的好奇心。靳飞是年轻的"老北京"，文字不免带有街市的气息，他和诸人的风格都不太一样，不是就知识而知识，也非因市井而市井，而是在城与人之间寻找被湮没的人迹，问所由来，道所何往。而且他远赴东瀛之后，往往能跳出北京写北京，这就远离了京味儿的语态，融进不少新鲜的感受，将熟悉的故土对象化了。一个人长于斯又恋于斯，是自然道理，但能够以陌生化的眼光看风云聚散，那就别有意思了。他写的书涉猎广泛，趣味也杂，可谓现代艺术史的散点透视，他的生命哲学，好似也藏在其间。

　　我不见靳飞久矣，知道他忙，时而京都，时而通州，时而南通，仿佛一直在路上。这些年他都忙些什么，我不太知道，但有时候在微信中读到他的诗与文，觉得他苦而含乐，且童心未泯。他在风尘里旧习不改，每每见出灵思闪动，不断捕捉山水胜迹，其所得也是多的。将生命活成诗，要舍弃些什么，牺牲些什么，这样的时候，不免寂寞，甚或不合时宜。好在作者有心中的火，在行走时是带着热风的。我读他的诗文，就感到一种古风的延续。这大概得之于前人之智，又多是己身的习得。人的一生，能够在坚守中创造着什么，那是充实的。孔子看重"好学近乎知，力行近乎仁，知耻近乎勇"，这是很高的境界，此种境界，吾辈虽不能至，心向往之。

2023年10月16日 于杭州

在城与人之间　一

文学年历

　　我在博物馆工作的时候，常到地下书库看旧的期刊，对于几本有意思的杂志慢慢增多了认识。编刊物的人，都有一点情怀，刊物是带有主观色彩的舞台，谁出来，说什么，非随意点染，有时候是含着编辑的意图的。翻看旧期刊，就如同翻阅历史的画册，总有意外的感受涌来。也不妨说，好的文学刊物也像一本年历，记载了特定时期的风气和一些时代语境。

　　民国时期的杂志很多，但也多是短命的，能够坚持三五年就已经很是不错，所以，大多没有持续的传统，很快就烟消云散了。新中国成立后，情况大变，每个地区的杂志，都是跨越不同时期的，也就有了自己的历史。这个现象，也说明文化色调的持续性有国家体制的内力在起作用。但代际的审美，还是有所不同的，读旧刊物如同看时光里的日历牌，每一页都是不重复的。

　　在当代文坛上，《北京文学》是一本有分量的杂志。我接触过几任编辑，留下不少可追忆的片段。二十世纪八十年代，我第一次见林斤澜先生时就感到他的异样，觉得他很有魅力，气场也是大的，在他周围团结了一批有生气的作家。那时候汪曾祺等已经复出，许多作品纷纷于此面世。我们还在这份杂志上面看到了诸多新人。对于那个时期的北京文坛，人们至今津津乐道。

林斤澜编刊物，是继承了老舍那代人的传统的。他对于老舍的评价，不是批评家那种概念式的，而是有着气味的感受的。《北京文学》的前身是《北京文艺》和同时期的《说说唱唱》，两者都有些连带关系。我手里有一期《北京文艺》创刊号，但看作者的名字，就能够感到彼时的特色。郭沫若、周扬、彭真、梅兰芳都写了贺词，作品则有老舍三幕剧《龙须沟》，端木蕻良小说《蔡庄子》，冯至的《波斯坦记游》，阵势是强大的。其中也有来自革命队伍的诗人与作家的作品，比如李伯钊、张志民、王亚平的作品即是。那是易代之际，风格与题旨都是有一种内在性关联的。据说老舍对于林斤澜，特别看好，他们间的互动，说起来也很值得深写。

经历了多年的变化，林斤澜知道，八十年代的作家自有另类的责任。他觉得老舍那代人，留下了不少遗憾，一些未竟的工作需要自己这代人去做。所以，他在主持杂志工作时，就一直看重审美的个性表达，他身边的作者，写作姿态与过去略有了一些变化。余华、刘恒、刘震云、王安忆、刘庆邦、李锐、曹乃谦……真的是精英荟萃，他的作者群几乎囊括了当代文坛最活跃的新人。

北京文坛的风格，向来是兼容并包的。继承京味儿传统的有老舍、邓友梅、陈建功、赵大年等，受现代主义影响的则有林斤澜、王小波、徐小斌诸人，而京派色彩浓厚的则是汪曾祺、宗璞和端木蕻良。这些人彼此并不排斥，各自走在不同的路上。《北京文学》的编辑看重精神的独创性，推出的一些话题至今还被人们记着。比如二十世纪九十年代后期，该杂志还搞过青年问卷，刊登了一些有挑战性的文字，一时引起争议。如果从五十年代的文本读起，我们就会发现，该杂志最大的特点是与时代的关系密切，其精神是不断前行的。最重要的是，该杂志的一些作家敏于观察、善于思考的审美表达，引领了一种风气。

关于那一段历史，有许多人写过回忆，都值得回味再三。从资料看，林斤澜是个有眼光的人，汪曾祺生前唯一一次的作品研讨会，就是由他主持的。他特别看重老友汪曾祺的文字，那种美学风格无疑是独步文坛的。在林斤澜看来，汪曾祺写的都是非主流的作品，但在没有意义的地方生出了意义，即以美的精神消解了流行的概念。汪曾祺说自己追求的是和谐，这里有障眼法，林斤澜觉得其中有另外的深意。和谐不是浅薄，而是"沉淀"，沉淀到记忆深处，脱去身上各种外在的颜色，回归于自己的本色。这是作家要有的精神，也是《北京文学》要吸纳的精神之一。

说起来，汪曾祺与《北京文学》，有一段耐人寻味的故事。他本人是属于北京市系统的人，与老一代作家有所接触，另一方面，他又喜爱北京的一些艺术家，与他们有一些互动。他自己的得意作品，有些是在《北京文学》上刊出的。当年李清泉能够力排众议刊登《受戒》，是有勇气的。因为这篇小说，《北京文学》有了生气，也影响了后来写作风气的演变。

汪曾祺与北京文坛的关系，可以谈论的地方确是很多的。这是一个有趣的现象，回忆北京文坛的旧事，除了老舍，林斤澜与汪曾祺折射的内涵，一直被后人津津乐道。我想其中原因可能与他们身上的文化情怀有关。老舍摸到了古城的文脉，汪曾祺经由古城回归到晚明和六朝，逆行得更远，而林斤澜则站在鲁迅的旗帜下，呼应了卡夫卡等人的传统。这是三个不同的流脉。一个是市井风景的勾画者，一个乃打通古今的文章高手，一个是处在现代感与谣俗气之间的独行者。他们三个人身上都有暖意，老舍醇厚，汪曾祺飘逸，林斤澜幽玄。这是北京文坛的三道景观，胡同里的幽怨、市井中的茶香和古路上的尘土都清晰可辨。凡熟悉他们文字的，都不由得爱之、念之，将他们视为心仪的榜样。

　　我自己和《北京文学》真正地接触是在九十年代，那时候风气有点变化，社会开始转型，刊物已经不太景气，作家也一时不知如何是好。我记得该杂志曾经搞过"新体验小说"，让作家去面对一些新的事物。一时间，许多人进行响应，开始面对变化的社会发声。这种选择，有点文人的焦虑意识在里面，在变动的时代，有的人似乎不知道如何为好。不过，真正的好作家，是不太会随着风气走的。比如端木蕻良，其晚年专心写《曹雪芹》，风格与意蕴都区别于流俗，可谓另行一路，是有大的气象在的。汪曾祺还是以不变应万变，照例走在自己认可的路径上。林斤澜对于这种选择是看重的，他觉得写作不是运动，而是个体的独行，循着清香的野径，也能走到精神的高地。我们看那时候的北京刊物上的安于朴素和孤独地表达的文字，今天读来依然有着诸多的好。而彼时耀人眼目的作品，已经大多被读者遗忘了。

刊物与人关系着一个时期的文风与趣味，大众特定的认知也深含于此。我记得赵树理、巴金、韦君宜在编辑刊物时，留下许多心得，如今思之，都是含着生命的箴言的。赵树理主编《说说唱唱》时，为了寻觅合适的作者，付出诸多心血，他自己也做出了不少牺牲。巴金之于《收获》，也故事多多，他坚持自己的品味，与其一贯的信仰有关，同时也体现了五四那代人的理念。改革开放后思想解放的过程，文学期刊也功莫大焉。这些平台上的文字如何影响了世道人心，是可以做系统研究的。1979年1月，在韦君宜的努力下，《当代》创刊，一时成为一个热点杂志。在发刊词中，韦君宜特别强调了思想解放的意义，对于片面的文艺观，持一种警惕的态度。她呼吁多发现新人，出高品质的作品，其思殷殷，其语切切。老一代人留下的办刊精神，都是值得珍惜的。

聪明的编辑们早就意识到，在单一的平台上，看到的风景总是有限的。大约二十年前，《北京文学·中短篇小说月报》问世，让该杂志不再是区域性的杂志，而是成了连接四面八方的园地。这是一本选刊，内容更为庞杂、丰富了。创刊不久，我便参加了该刊物的活动，大约是评选当年的优秀作品吧，于是我见到了国内许多活跃的作家，没有在《北京文学》露面的人也来了许多。这个选刊对于作家的个性十分尊重，不避土洋，无论东西，凡有特色者悉被注意，转载后还有点评的文字。那时候木心的作品刚在大陆出版，我便受编辑之邀，写了篇点评小说《寿衣》的文字。当时国内对木心知之甚少，而批评界对于他多是漠视的。选刊能够及时转载这类作品，也证明了其胸怀之大。

自从有了《北京文学·中短篇小说月报》，读者看到了更多的佳作。那时候的选刊很多，如《小说月报》《小说选刊》《中华文学选刊》等都很有影响力。而新的选刊的出现，带来了另类的颜色，其中也有一些学术意味。这大概与编辑有关，或者因为批评家云集在周围也说不定。新刊物慢慢成熟起来，逐渐被文坛所接受，我因为忙于自己的专业，对它的了解也是断断续续的。有几期给我的印象深刻。一是对莫言成就的集中体现，留下了一个特定年月的精神思考。二是对边缘地带的写作群落的注意，比如对香港小说的集中展示，让读者了解不同环境的母语经验，有了深入的感受。如今看这类内容，觉得这是编辑们在试图记录时代的重要文本，也是在陈列被忽略的存在，让生态更加多样化。这是颇为难得的经营，它在文坛被人注意，也是源于其视野的开阔吧。

　　由一本杂志，连带出新的选刊来，这在国内不多见，二者像姊妹一般，是形影相随的。这或许是时代风气使然，也是读者的需求使然，可谓应运而生。大凡经过风雨、持续几十年以上的杂志，都是有自己的风格的，自然也有了被回味的遗存。《收获》的高贵，《十月》的多姿，《作家》的丰沛，现在想来都值得好好写写。研究当代文学史的人，不能离开对这些园地的凝视，这些杂志的文章里，有作家选本及其文集没有的更多的信息。一本期刊如果拥有了自己的传统，那就厚重了。《北京文学》和《北京文学·中短篇小说月报》散发着古都的气味，也有不断寻路的跋涉之迹。那些时光深处的一页页文字，读来亦如读史，背后是一群为人生而艺术的人。在那里，重要的不仅是继承了什么，更是拓展了什么。有一些人走了，另一些人来了，他们的身影叠印出一条美的长廊。许多年后我们才感到，曾经熟悉而有趣的人，很难被复制了。在生命的河流里，他们以不同的方式完成了自己，他们文字的温度，唤出活着的人悠远的追忆，也由此，我们的生活不再单一。

2023年6月9日

木心的传记

    木心去世后,世人对他的怀念一直没有中断过。我曾在杭州、北京等地参加过他的诗歌朗诵会,发现到会的都是青年,喜欢他的并非都是文学圈子里的人。青年人欣赏他,原因自然有种种,其中一种不乏对古风的追慕。古希腊与中国六朝精致的美,我们于今人笔下久矣不见,而竟复活于木心笔下,青年人因之欣然而往,不是没有道理。我们常人的世界里,不太容易这样地说话,这样地思考,木心的存在,既显得遥远,也让人觉得亲切。

    我十几年前读他的作品,觉得文风古雅,笔底灵思种种,有点晚清文人的样子。浅显里是幽深之谷,讲究中又多见率真之气。关于此,陈丹青有过诸多介绍,青年读者的评论也丰富了人们的认识。而夏春锦这本传记,则显得更为系统,介绍了木心生平诸多细节,先前读者朦胧的地方,渐渐清晰起来。一个个人物登场,一缕缕愁思聚散,还有惊心动魄的生死瞬间,就这样与我们面对着。

    我曾在乌镇的会议上认识了夏春锦先生,那天看到他带来的桐乡文史资料,知道他是乡邦文献的研究者。桐乡乃人杰地灵之所，六朝以来文人的书卷气至民国尤盛。乌镇的茅盾、石门镇的丰子恺、崇德的太虚大师，都是满腹经纶的人。后来读到《木心考索》，知道古风流转何以孕育出许多人杰。我们平常之人读书止于理趣，夏春锦却寻觅那理趣背后的东西，寻觅那些被作者隐去的本事和旧曲，使之悄然涌动，让人读之不禁生叹。《文学的鲁滨逊：木心的前半生（1927—1956）》是桐乡文人史中奇妙的一章，多了先前艺术家没有的东西，看似描摹人物的轨迹，实则也在为时代画像。其笔法呢，远离了八股，行文持之有据，不涉虚言，让个体命运在时代风潮里的起落，以及诗意精神在灰暗里的喷吐，都有特别的交代和展示。

描述木心，显然有许多难处，倘不了解其气质，或不掌握充足材料，易滑入空泛之论。除了一般的挖掘史料的功夫，还需文学与美术的领悟力，唯有在多重艺术空间的转换里，方能窥见其修辞的策略，诸多谜底，才能随之得以解开。我读这本书，发现了一些先前没有注意到的人与事，看到了风雨里的安宁、凌乱里的秩序。木心一生坎坷，但其文字里却没有什么苦楚的痕迹。他早已抹去了尘世的恩怨，其心绪有古人超然之气。先生早年受到了特殊的教育，很小就接触《周易》《大乘五蕴论》等书，家庭的习佛风气又沐浴了其思想，使之内心不乏灵性的体验。他在上海美专开始瞭望到艺术世界的远景，不久又得到哲学思想的习染。值得一提的是木心和茅盾家族的关系，因了这位亲戚的藏书，他自己的眼界大开，感受到了美术与文学之间的共同的东西。从彩色到文字，从形象到理念，各类元素悉入其脑海，使之洗刷掉了传统读书人的暮气。温习这些旧事，可以使人重见旧时风气，那一代人的心事与文事，今天的青年不易见到了。

人们都说木心有着传奇的一面，但仔细想来，他也普通得不能再普通。他生活在革命的年代，也曾是激进青年。那动荡年月浪漫的歌蹈，纠缠的也有尼采和福楼拜的遗风，这使他没有陷入海派时髦青年的幻境里，却成了喧闹时代的独行者。在起起落落的命运中，可贵的是他一直有一种不变的东西。他善于独处，将自己放逐于清冷之地，将笔触探入心底，每每荡出波澜，那纤细之音和高雅之调，绘出革命时代独思者的精神之图。这一切与鲁迅、林风眠亦多交叉的地方，他自己衔接了这两位艺术家的某些精神。即便在落魄的时候，他依然保持着自己的高贵，于是我们恍然领悟，他的亲近纪德、加缪，可能都有所寄托。左翼思想也是开放的，特立独行和不谙世事的选择，是浪漫之中的另一种浪漫。

我读木心时，觉得其看似简单的句子，其实是有精心经营的。他带有一丝唯美的洁癖，采蜜般飞在各类色彩的世界。一般人的写作是从自己的经验出发与世界交流，他却相反，从世间的经验返回己身，六经注我的用意也是有的。那些远古的知识不再是冰冷的存在，在其笔端都有了温度，所以，他成了没有艺术边界的游历者。在对艺术的态度上，他是一个泛爱的人，人间一切有趣的诗文，都吸引他驻足，他在打量中奇思漫漫，那些亮点也成了其生命的一部分。这不仅与京派文人不同，与海派亦有很大的距离。说他是五四的孑遗，似乎亦不确切，他的跨界的顿悟，早已洗刷了世间的陈迹，拥有的是中古文人的冷观之眼。他的许多文字是写给自己的，他自己与自己的交流，却醒悟了世间的人，我们何曾有过这样的内心追问？先生行乎无方，飘忽无所，却终于修成正果。他知道，救赎的办法不在外在的世界，只在自己的文字，他的写作让我们看到了汉语的潜能。

而这一切，很长时间并未引起批评家的注意。当代的批评家多是怠慢了木心，他们的沉默好似缘于木心作品的简约，没有大起大落的惊艳，对于时代的记录过于冷僻。与之相反的是，民间的青年却特别关注这位作家，他们看到了这位老人与自己的亲近之感。木心不仅告诉我们学问与艺术的关系，也告诉世人，在没有趣味的地方如何发现趣味，且与之相互依偎。在他那里看不见对于金钱与权力的崇尚，他辗转于风尘之中，却未染世俗之气。世人倾利，木心钟情；众生慕名，木心贵智；名士趋时，木心感旧。此其与常人不同之处，我们模仿先生，往往不得要领。

一个作家的文字倘能被青年反复阅读，那他就真的活在这个世间了。夏春锦的书提示我们，先生留下的遗产，对于苦苦行路的青年而言，乃雾中之风、沙漠之泉。章太炎当年提倡独异的个性，但识之者易，行之者难。木心一生耐得寂寞，于文图中化苦为乐，收获的是人间至美。他说生命的特点是时时不知如何为好，看似悲观，却有悟道的安然。当生活被艺术化的时候，因了艺术之神的存在，人便不再孤寂。艺术地活着，才有活着的艺术。过去我们解之不多，现在有了新的例证。

2020年1月5日于海口老城

在鲁迅与木心之间

　　十多年前的一个晚上，我请陈丹青来鲁迅博物馆小聚，顺便让他看看鲁迅藏画目录。那是我们第一次见面，彼此谈得很投机。他对于鲁迅的藏品颇为熟悉，言及民国时期的美术与文学，感慨良多，一些见解见出他的高明。那天我第一次得知了木心的名字，陈丹青说起他，有点兴奋的样子，他认为文坛还不知木心这个人，很有点可惜。那一番感叹，给众人留下了深刻的印象。

　　当时大陆还没有出版过木心的作品，关于其人其文，无从判断。陈丹青的文章早已开始流行了，他的新书《纽约琐记》《多余的素材》已经颇受好评。初读陈丹青的文字，觉得有股生猛之气，全无流行的调子，在某些地方有些民国的味道。他的行文夹杂着一丝野性，但其内心不乏京派文人的儒雅。野而又雅，自古就不太兼容，而在他那里却合二为一，这是他能很快让人记住的原因。后来木心作品在他的努力下有了大陆的版本，我看后很觉得老到、精致，才知道陈丹青喜欢这位老人的原因。木心的辞章里不仅有鲁迅的影子，修辞之念也偶有闪动。这是他背后的资源，他的行文何以那么有底气，我似乎也明白了一二。

在鲁迅与木心之间，存在着文学史与美术史敏感的神经，一旦被触碰，便会激活许多隐秘的话题。陈丹青喜欢这两个人，可能是感到了历史之影的缠绕。那些苦思而不得的意象，在这两个人那里偶可见到，借用其间的热度，也会驱走内心的寒气吧。而陈丹青在气质上，也有着与二人交叉的部分。峻急的鲁迅，乃克服孱弱之思的良药；飘逸的木心，则给人独处的信心。这是艺术世界的刚与柔，二者各显姿色，对于陈丹青来说，都不可或缺。

陈丹青的绘画成就，美术界早有定论。他当年的《西藏组画》已经在风格上脱离了时代的调子，有了异样的美质。那时候能够从八股式的绘画里走出的人不多，他无疑是思想解放的先行者之一。而后来他作为作家的身份增多，或许是因为他意识到单一的美术思维存在问题。看过他的《笑谈大先生》和《张岪与木心》的读者，便能够感到他身上艺术家与学者的气味，他的思想背景，也清楚了大半。大凡好的画家，不仅敏感于色彩，对于言辞的表达也是别有心得的。比如陈师曾、齐白石、徐悲鸿、吴冠中都有不错的文章流传。而作家中的鲁迅、丰子恺、张爱玲等的绘画才华，我们也不得不刮目相看。陈丹青自己也有这些特点，画既出众，文亦不俗，而他对于文章的见解，不亚于他在美术方面的心得。

鲁迅引起陈丹青的注意，有多重原因。鲁迅开阔的艺术视野不必说，他那种世界眼光，也非林风眠、徐悲鸿那样的画家可比。鲁迅肃杀沉郁文笔的背后，开启的是非凡的意蕴。比如直面现实，诗意的表达，幽默的陈述，无畏的精神，那些抵抗死亡与堕落的文字，引人走到脱俗之路。鲁迅远矣，只能以意得之，他的文字似乎带有《圣经》般的神启。而陈丹青熟悉的木心，则使他自己感受到艺术生存的可能，在迷乱之中驱走诸多苦影，留下的都是趣味。鲁迅告诉陈丹青如何面对灰暗，木心则启示其诗意地活着。这是两种不太一样的传统，陈丹青于此得大欢心焉。

《张岪与木心》很好地讲述了木心对陈丹青的影响，一些深层原因被写得楚楚动人。陈丹青在美国遇见木心，他最大的惊异是木心身上古老的审美趣味，那趣味不都是安宁的，也有很深的世界主义的风景。这些恰是他自己早期教育里最为缺失的，而木心却那么久地保留了旧学的温度，以及五四作家的某些风范。木心在那时候并不是名人，却有着时下名人没有的东西。在他那里找不到多少时代的痕迹，其文字、绘画都在另一种气场里，这是鲁迅那个时代才有的趣味。从1982年两人在纽约相识，到2010年木心去世，漫长的友谊里，留下了两代人寻路的心迹。他们于各自的眼睛里，都看到了自己的影子。

木心的早期教育受益于民国的风气，乌镇的六朝遗风和西洋文化之音都有，他通过阅读接触了诸多思想资源。他的古文之好，大概不亚于同乡人茅盾，其绘画理念也与林风眠有精神共振的地方。虽然他后来受左翼文化熏陶，但古希腊文化与希伯来精神也深深吸引了他。这些使其精神没有迈上凡俗的轨道，目光恐怕也比同代许多人高远。接受新文化的人，有一些被自己钟情的存在所围，封闭起了自我，但木心没有，他的世界一直是敞开的。陈丹青惊奇地发现，这位高傲而独立的前辈，看似不去宗师，不入流派，却有着另类的创造气息。

显然，陈丹青经由木心的绘画之境，看到了更为深层的艺术问题。他讨论木心与林风眠的关系的时候，发现了前人忽略的风景。作为画家的木心与林风眠的交往，以及两人的审美追求，映现出艺术的另一条路径。木心的绘画语言几乎没有库尔贝、列宾、徐悲鸿的影子，他欣赏的画家是达·芬奇、米开朗琪罗、拉斐尔、梵高与塞尚。这些传统里有着不断生长的内力，呆板的意象与其是无缘的。木心与林风眠在剧变的时代各自接近这个传统，他们的追求在后来的岁月里几近灭绝，晚年方被世人所认。陈丹青感叹，倘不是历史的原因，"一种与苏联社会主义现实主义不同的艺术观——告别十九世纪写实，接续后印象派，通向欧洲早期现代主义——在六十年前的中国是可能的，就像在美国、日本和早期苏维埃发生的那样"。

木心在林风眠的绘画里得到的灵感，未能都折射到美术世界，这些遗憾后来留在了他自己的文字里。他不能像吴冠中那样以异端的方式延伸林风眠之梦，可是他的母语却替他走向精神的深处。他以词语绘画，在句子间调试色彩，这是那些俳句、断章的奇妙之处。我们联想鲁迅作品中的绘画感觉，以及他提倡版画的文学动因，当能够看到二者的内在联系。"在更高的意义上，木心不是画家。"陈丹青这样叹道：

真的。他是不是"画家"没有意义。便是他视为无比神圣的词，"艺术家"，也没意义。他是木心。我看他的文章、小画，总好似藏着拒绝的神情，近乎声明，拒绝此岸——这或许是为什么，他的一生也被此岸拒绝——从无数今世的作品跟前（都被称作绘画，都被称作文学），这个人老是退开、退远。他不停地写作、画画，但不要和我们混在一起。

从早年的上海滩上的局外人，到晚年的纽约的旁观者，陈丹青看见木心独立的选择里的孤傲。也因了这份孤傲，时代流行的东西被他拒之门外，他自己保持了那份本色。这不正是当下文坛最缺少的东西吗？我们看陈丹青后来写下的关于美术鉴赏的文字，关于民国文人的随笔，依稀含着木心式的智慧，但又多了许多属于自己的体味。他的许多讲演文字，都不卑不亢，娓娓道来，说着别人看不见的风景，这些话自然有人厌恶，或者不合时宜，但这也是木心式的脾气。

我推想，他一定是从木心那里想起了鲁迅，经由身边这位老人看到中断的流脉。他的那本《笑谈大先生》屡屡透出灼见，除了他自己的心得，也有木心辞章的回响。关于鲁迅的"好玩好看"，典型的木心式审美，又加上了他自己的野性感觉，遂成了独特的文本。《退步集》驳杂的知识与通透的见识，有一些是从鲁迅、木心的逻辑里流出的，但又脱离了前人的暗示，找到了属于自己的表达方式。只有站在历史的高坡上眺望当下，我们才知道我们的地标位于何处。无论是思想还是艺术，脱离了古人的参照，我们的目光可能是模糊的。

对于陈丹青来说，木心刺激了他对于创造性表达的激情，艺术的路怎样走，是大有学问的。不过从文章风度与气象看，陈丹青与木心有很大的差异。木心经历了诸多风雨，文字却没有暗示出来，乐天与宁静的词语过滤了人间风尘。这是鲁迅之外的另一传统，陈丹青得之不多，就这一点说，他可能更亲近鲁迅。但木心的眼光与学识，吸引着他校正着自己的偏差，让他知道怎样以诗意的方式对待无趣的存在，从而打通古今的审美精神。陈丹青好像从木心那里学到了对于俗学的拒绝，不以流行者为乐。而他广泛摄取世界遗产，从熟悉的路径里陌生化地表达思想，则在无意中也提升了自己。

古时候文人间的交往，可谈的趣事甚多。白居易与元稹，苏轼与秦少游，这些人之间的关于友谊的诗文，至今让人神往。民国作家中，周氏兄弟与北京青年文人的故事，亦多佳话流传，那是文学史中迷人的部分。鲁迅从青年那里获取了热力，青年人则因鲁迅而有了寻路的勇气。木心之于陈丹青，有寻常里的非常，有朴素里的幽深，背后是人间的挚爱。他们老少之间，亦师亦友，许多故事都耐人寻味。他们间的交往，文既灵动，字也有神，好似一个传奇，闪动的句子与段落，续写了艺林佳话。

2020年2月18日

鲁迅故旧亲历者

　　了解鲁迅研究界的人，都知道有一个博物馆系统的学者群，这个群体六十余年来渐渐形成自己的风格，乃至带有一丝流派特点。该群体以鲁迅博物馆、上海鲁迅纪念馆、绍兴鲁迅纪念馆为代表平台，涌现了不少学者。他们的特点是以文物资料为出发点，附之展览、社会调查成果，呈现的是历史现场感的文字。这些人数量不多，但在庞大的学院派群体覆盖天下的今天，其存在越发显得独特。

　　讨论鲁迅史料研究，有几位前辈是值得一提的。我回忆起在鲁迅博物馆工作的日子，有时就想起叶淑穗老师。上世纪八十年代后期，我到鲁迅研究室工作时，叶老师还没有退休。那时候她是手稿组的负责人，对我们这些青年十分热情。她毕业于北师大，是馆里的元老，鲁迅博物馆成立于1956年，叶老师恰是那一年从部队转业到此，一待就是半个多世纪。鲁迅逝世后，其遗物大多数都保存完好，叶老师对此十分清楚，她谈起馆里的藏品，如数家珍。多年以来，大凡研究鲁迅手稿与文献保存史的人，都是要向她请教的。

与馆里其他人比起来，叶老师阅人无数，所历者甚多，与几代人打过交道，也见证了特殊时期鲁迅遗产传播的过程。我的印象里，她记忆力很好，善于与人交往。鲁迅的家人和生前友人对她都很信任。她多年以来与许广平、周海婴、许羡苏、曹靖华等都保持了很深的友谊。社会人士捐献的鲁迅遗物，有不少都是她亲自接收的。其间鲁迅博物馆也寻到了鲁迅同时代人的一些资料，馆藏也因之渐渐丰富起来。

五十年代的博物馆理念，受苏联影响注重教育功能。后来日本与西方博物馆的理念传来，文物保护的意识提到议事议程上。不管模式如何，博物馆最基础的是文物保护，根基在此，余者皆次之。叶老师是很用心的人，对于资料保护，用了许多心血，她渐渐由物及人，再到思想与审美，视野不断放大，养成了良好的博物馆人的职业习惯。凡与鲁迅有关的人，只要健在，她都去拜访过，且留下了珍贵的访谈记录。这样，已有的文献和活的资料互为参照，就扩大了鲁迅研究的范围。她帮助过的人很多，给他人提供的都是第一手精准的信息，乃至有"博物馆活字典"之称。

我年轻时热衷文艺理论，对于资料缺少感觉。在研究室工作久了，我就觉得自己的状态有点问题，遂开始补课，时常钻入资料库，接触一些原始文献。有时候听叶老师谈藏品的来龙去脉，以及一些手稿背后的故事，眼界大开。博物馆的人，不太喜欢用那些大词，言之有据才是根本。以文物说话，从原始资料出发寻找研究话题，是一种风气。我后来慢慢走进鲁迅的世界，得益于一批老同志的言传身教。叶老师与多位前辈对我的启示，是有方向性意义的。

国内外研究鲁迅的人，都很看重博物馆独特的资料收藏。而一些最基础的工作，恰是叶老师她们那代人完成的。除了保护鲁迅遗物，老一代人有几件工作值得一提。一是编辑了《鲁迅手稿和藏书目录》，这是研究鲁迅的入门书目。我前些年曾送李零先生一份复印本，他颇为高兴。这份目录对于研究旧学未尝没有意义，现在许多从事相关研究的人不太注意这本资料目录，是很遗憾的。二是配齐了大量鲁迅藏书的副本。因为鲁迅的遗物已成珍宝，不能总去翻看，副本图书就成了代替品。这些副本有的从琉璃厂购来，有的则是鲁迅友人捐赠的，与鲁迅使用的是同一版本，用来十分方便。三是记录了鲁迅交游的片段。叶老师那批人采访了钱稻孙、茅盾、孙伏园、冯雪峰等人，将大量隐秘的信息渐渐积累起来，一些模糊不清的历史线索变成清晰的人文地图。

我记得在对茅盾、冯雪峰等人的访谈里，采访者所问的问题在那时候是很敏感的，今天视之，这些都是难得的文字。我们现在谈二十世纪三十年代的文学，一些重要节点的问题，是鲁迅博物馆的工作人员整理出来的。六十年代初，一些旧式学者或因历史问题，或源于思想差异，渐渐被边缘化。叶老师与同事还能客观地对待鲁迅的这些旧友，采访他们，留下许多文献，着实难得。比如钱稻孙，就应邀介绍教育部时期的鲁迅旧事，还亲自带领大家去国子监参观。沿着鲁迅在北京的足迹，博物馆的老同志发现了许多珍贵的遗存。鲁迅的照片留下了很多，但他的声音是怎样的，后人均未听过。叶淑穗老师曾拜访过鲁迅同学蒋抑卮的后人，留下了这样的文字：

> 据蒋抑卮的后人蒋世彦告诉我们，当年鲁迅到蒋抑卮家畅谈时，有一次，他的家人悄悄地将二人的谈话用旧式的录音机录了下来。蒋世彦本人也曾听过这个录音，他说他只记得鲁迅说的是一口很重的绍兴话，内容可全记不起来了。这张录制片是一份极其珍贵的实况材料。可惜的是，它在"文化大革命"中被毁掉了。确是不可弥补的损失。

每每看到类似的采访，我就觉得这是一般学者不注意的遗迹，看似无关紧要，而价值不小，它构成了关于鲁迅研究的生动性的环节，比起学界生硬的概念游戏，文物工作者提供的是有温度的东西。多年前，叶老师与杨燕丽出版了《从鲁迅遗物认识鲁迅》，这是我手头常参考的文献，我自己的一些文章也引用了其中的一些观点，我是把它当成馆史片段看待的。近来又有《鲁迅手稿经眼录》面世，读者可以知道那些遗迹是如何被收藏的，以及流传中的故事。这些文章从文献出发，叙其原委，道所由来，文字后是一段有趣的掌故。鲁迅先生的影子也从文中飘来，让我们知道曾有的时光里的阴晴冷暖、风声雨声。叶老师谈到旧事，都很兴奋，她写的一些文章，被引用率是很高的。

鲁迅藏品的内容十分丰富，有一些需有一定的知识准备才能弄清其中的原委。比如关于金石学方面，鲁迅留下的遗稿甚多，图片资料也很驳杂。叶老师对于此领域的线索极为清楚，梳理起来条理分明。其所写《鲁迅手绘汉画像图考》《鲁迅与汉画像》《鲁迅手绘高颐阙图》《鲁迅手绘土偶图》《〈六朝造象目录〉和〈六朝墓志目录〉考释——鲁迅石刻研究成果之一斑》，都是不错的篇什，乃研究者不得不参照的文字。这些文章对于初入门者有导引的价值，而对于学者们来说可以从细节中体会鲁迅的"暗功夫"。叶老师从各种遗稿里看墨迹的形状，参照鲁迅的文章彼此对应，解释了藏品耐人寻味的部分。其中运用的是传统治学的办法，寓意是深的。比如《鲁迅遗编——〈汉画象考〉初探》一文，叶老师从国家图书馆的藏品中发现了鲁迅《汉画象考》遗稿，从缘起、引言、目录、内容、说明语、学术品位几个方面介绍了鲁迅编辑的书的特点。文章说：

> 这部《汉画象考》还有一个特点，就是在各种不同名目的汉画像后面，均加注各家对该画像的评说，如《南武阳功曹阙》后面引录俞樾《春在堂随笔》；在《射阳石门画像》《武梁祠画像》《郭巨石室画像》等均引录《洪颐煊平津读碑记》；在《食斋祠园画象》则录有端方《匋斋藏史记》等等。这正是鲁迅学术研究、指导青年，特别是编纂各类书籍的一贯做法与实绩，目的是借此以使读者博览群书。

我对许多文献的感受，是受到她的启发的。比如我对鲁迅日常生活的认知，就因为看了她的那篇《鲁迅的〈家用帐〉》。这篇文章描述的一些细节颇有意思。鲁迅在日记里用的是阳历，而在家账中则用阴历，这体现出社会观与民俗观两条线索。我由此联想到先生对中医的态度，在公与私的层面上，他的表述略有出入，由此也可见鲁迅的复杂性。叶老师是深入细节的人，故她对于一些问题的体味，总是不同于我们这些好做高论的人。我在研究鲁迅与魏晋思想时，看了许多研究者的文章，这些人的思路大抵相近，但她从藏品幽微处发现了新意。比如她发现鲁迅对于古籍的抄录，就流露出其文字学的功底。叶老师在鲁迅《〈徐霞客游记〉题跋》里，就发现"书籍编次的创新"，这启示我们要从地理学与文字学角度，思考人文气息里的别种元素。《鲁迅酷爱文物》一文描述出鲁迅治学的认真态度，从手稿中发现思想的蛛丝马迹，也是有一番功夫的。再如，鲁迅手稿的来源有不同渠道，涉及其交游史片段。我们现在看到的《朝花夕拾》《坟》《小约翰》的手稿，原来是保存在李霁野先生那里的，他在抗战时将其完好地还给了许广平先生。此间故事就揭开了鲁迅与社团关系的枝枝叶叶。李霁野是鲁迅博物馆的重要顾问之一，生前与博物馆有许多联系。未名社当年许多情形是由他记录的，叶老师也由此对未名社的情况颇为关注。像韦素园的墓碑何以被收藏，她讲述的都是自己亲历的部分，这些也能看出旧岁里的斑斑痕迹。

鲁迅博物馆成立的时候，周作人还健在，许多疑难问题，人们不能不找他请教。但因为历史问题的纠缠，博物馆人与周家的关系比较微妙。叶淑穗《周作人二三事》是很重要的篇目，该文记录了彼时周作人的状态。从建馆开始，周作人多次向博物馆捐赠相关的文物。1956年8月9日，他捐赠了鲁迅《哀范君三章》《谢忱〈后汉书〉》和范爱农致鲁迅信多封；9月，捐赠鲁迅《古小说钩沉》手稿；10月，捐赠章太炎致鲁迅、周作人信札一份。1962年1月6日，周氏将其1898年至1927年的日记十八册有偿捐赠给博物馆。这些都是研究鲁迅的重要文本，对于学界来说价值不菲。叶老师也是收藏它们的见证人之一，她记录的一些细节，都饶有趣味。"文革"中，周氏遭受冲击，书籍与信件被红卫兵查抄，后归放于鲁迅博物馆，其间曲折之事，让人感慨万千。她在多篇文章中介绍了周作人藏品的情况，那篇《我所知道的鲁迅博物馆代管周作人被抄物品的真相》，也是对特殊时代文化境遇的描述，言语之间，也不无沧桑之色。

在相当长的时间里，人们是尊鲁而厌周的，学术研究也遮蔽了诸多存在。叶老师留下的文字成了人们认识周氏兄弟的重要参考资料，说起来是难得的。与博物馆有来往的学者有许多与周作人都很熟悉，但留有文字者甚少。比如李霁野在鲁迅离京后，情感上偏于周作人，鲁迅后来说他有"右"的色彩，也暗指于此。但新中国时期的李霁野只能写写鲁迅，对于周氏也是无可奈何的。唐弢在文体上受周氏影响过于鲁迅，自己并不敢坦言，但私下也觉得，研究鲁迅，倘不面对周作人，也总是缺少了什么。这些，对于博物馆的研究者来说，都是一个启发。所以，1987年10月，鲁迅研究室在国内最早召开了"鲁迅与周作人比较研究学术研讨会"，不久，唐弢的《关于周作人》、叶淑穗《周作人二三事》相继问世，研究的局面也拓展开来了。

在叶老师的各类回忆文章里，我们知晓了鲁迅博物馆建立过程中的一些细节。她笔下的人物有一些鲜为人知的地方，也得以被记录。《唐弢先生与鲁迅纪念馆、博物馆》《蜡炬竭身明远志，春蚕尽处系真情——冯雪峰先生二三事》《千秋功业 永载史册——记王冶秋先生与鲁迅文物》《胡愈之二三事》都勾画出了前辈形影。鲁迅遗风如何被不断地衔接和延伸？其间行迹都能够说明什么？在这些鲁迅同代人的身上，我们可以感受到一个时代的风气，他们的学识、见解、气度令人可感叹者不可尽述。这些都成了博物馆历史的一部分，鲁迅与他的同代人构成的图景，后人读起来其意也广，其情亦真。

因为熟悉诸多文献背景，就能深入其间，说一些切实的话，叶老师自然也愿意主动指出别人的瑕疵。我主持鲁迅博物馆工作时，她已经退休了，也常常来单位参加一些学术活动。有一次，我们搞了一个鲁迅藏品展，表彰了许多捐赠文物的人。展览很热闹，来的人多，还开了研讨会。她走到我的身边，悄悄地说，内容有些不全，遗漏了许多人，比如曹靖华的捐赠目录没有，这是不应该的。还有一次，我在《光明日报》上发表了一篇鲁迅与爱罗先珂的文章。她看到后写了封信给我，指出其中资料的不完善之处。她的这些批评，都很客气，我一面觉得自己疏忽大意，一面感动于她的善意和求是精神。

鲁迅博物馆成立五十周年时，馆里拟出版一本大事记。那时候老同志都已退休，知道馆史的人并不多。我便想起叶淑穗老师，觉得她是最合适的编撰者。我们到她家里拜访时，她一口答应了我们的请求。那天她谈了许多博物馆往事，对资料研究和研究室的工作，也提出了许多建议。谈起博物馆的史料整理，她眼睛亮亮的，也显得格外兴奋。自那以后，年迈的叶老师每天从丰台家里赶到单位，组织人查找资料，不到半年，书就编成了。

她参与编写的博物馆史的写作，客观、全面，文字清透而简约，对于一些文化活动的记载，都耐人寻味。比如建馆初期，周恩来、郭沫若、茅盾都曾来到鲁迅故居，或参观，或讨论展览大纲，可见彼时的风气。预展期间，来馆里审查大纲的就有郭沫若、沈钧儒、吴玉章、茅盾、胡乔木、周扬、郑振铎、邵力子、章伯钧、胡愈之、夏衍等。书中关于文物捐赠者的名字，也有可研究的空间，每个人与鲁迅的关系都是一篇大文章。比如李小峰、周作人、周建人、萧三、胡愈之、普实克、巴金、唐弢等，细细梳理其间经纬，说起来都是佳话。博物馆几十年以来，其实已经是学术的重地，除了上述诸人常出现在这里的会议，从西蒙诺夫到井上靖、大江健三郎，从竹内实到丸山昇、伊藤虎丸、木山英雄等，都曾驻足于此，他们围绕一些话题的交流，颇多可以感念的瞬间，虽然有时是只言片语，但也成了一种难得的历史回音。

经历了如此多的活动，与无数人的交往，她的内心的充实可以从其文字里感受到。她在记录那些人与事的时候，也融进了自己的情感，时代的点点滴滴，也能形成思想的大潮。在研究鲁迅的庞大队伍中，有一些人是做基础性的工作的。他们不是为学术而学术，而是有着济世的情怀。这样的老人都该好好写写，对于那些只会写学院八股的人来说，对比一下，可以知道空泛的表述是没有生命的。触摸到了历史温度的人，知道思想的起飞应该在何处。老一代人的这种心得，串联起来确是一本大书。

我不见叶老师久矣，往昔的人与事也多已模糊。不料前几日忽得到她的电话，她还那么健谈，且声音洪亮，完全不像九十二岁的样子。谈话间知道她又一本书已经脱稿，将在北京三联书店出版。作为晚辈，惊喜之余，我还涌动着一股感怀之情。一个人一辈子钟情一件事，且心无旁骛，清风朗月般明澈，真的可谓是素心之人。素心者是有仁义之感的，所以古人说仁者寿，那是不错的。研究鲁迅文物的人，不妨都来看看她的书，也了解一下这位前辈。一个沉浸在鲁迅世界里的人，有时是脱离街市的杂音的。她给世间留下了那么多关于鲁迅的掌故，而她自己也无意中成了鲁迅传播史中的掌故之一。这些都可供回味，能引发思考。读她的文字，我觉得是与一个丰富的灵魂相伴，真的是受用不尽，热量无穷。

2022年4月29日

我看《＜两地书＞研究》

有一段时间，人们对于鲁迅的理解，还仅仅是放在公共语境里进行，不太注意其私人话语的意象所指。或者说，公与私的界限是朦胧的。理解鲁迅的难度，是相关话语带有界定性，分不清这种界定，意思就可能走向反面。从茅盾开始，一直到胡风，人们都意识到讨论鲁迅作品的挑战性，大家的看法也并不相同。经历了大的起伏后，人们才开始反思过去认知思路的问题。记得四十多年前，王得后先生出版《＜两地书＞研究》，他就沉潜在博物馆的史料里，从手稿里摸索鲁迅思想的来龙去脉，理解方式发生了一丝变化。这本书以鲁迅与许广平的书信为基础，发现了别人很少注意的缝隙，如一束亮光照来，改写了学术研究的路径。在一段时间里，我们是在单一语境讨论其意义的时候居多，回到鲁迅自身世界的时候甚少。在变动的岁月，鲁迅研究身上不免有一些大词的笼罩。而这些，在王得后那里消失了大半。他的《＜两地书＞研究》，在许多方面都为研究者带来了方法论上的启示。

　　鲁迅之于后来的国人，牵扯着文化神经里敏感的部分，既有意识形态方面的，也带着个体超时代的辐射力。认识他，倘若没有多维的视角，其难度可想而知。王得后在八十年代开始绕过习惯的思维逻辑，放弃大词的使用，以文本为出发点，提出鲁迅存在一个"立人"的思想，这对于后来的影响很大，以至我们几代人都在这个思路里。这"立人"的思想，是从鲁迅内部世界出发，考察思想史的一个视角。王得后发现，对于鲁迅的世界，要从公共语境和私人语境不同层面打量才有意义，这样方能将研究对象从单一逻辑里解脱出来。《＜两地书＞研究》其实是考察鲁迅爱情观、家庭观、生命观与社会观之间的联系，传统的汉学与宋学的影子也多少折射其间。许多年过去，我再次阅读此书，依然觉得它没有过时。那时流行的论文多已经没有温度，此书却仿佛深夜里的火，还冒着生命的蒸汽。

　　用前人的和自己的经验反观五四文学，王得后所悟之境就不是唯道德主义的，他思考的焦点直指存在的本然。那便是："人的第一大问题是生死，其次是温饱，再其次是男女关系。而人类又只能群居才得以生存，一切困境，由此滋生，由此蔓延。"理解孔子如此，感受鲁迅亦复如斯。只有阅读《两地书》，才能看出鲁迅世界最为本然之所，如何看世，怎样对己，在不测的世间对付着各种潮流，保持自己的定力。他内心最为本色的部分和最为柔软的部分，于此都可感到。而智慧的光泽照例与其文学作品一般，有着罕有的内力。

　　好奇于鲁迅作品的人，常常会问，为什么他有如此的气质和风骨？这大约和鲁迅的生命记忆有关吧。他的早年婚姻是一个悲剧，母亲包办的婚姻，便是一个苦果也只能吞下。许多文献记载了他对无爱的家庭的态度，这些影响了他的生活状态也是自然的。当许广平出现在他面前的时候，事情才发生了变化，这直接扭转了他后来的生活之路。他们由初识到交往，由师生之情发展到爱人关系，其实并非人们想象的那么浪漫，沉重与苦楚之影依稀可辨。那些对话，带着丰富的内蕴，是极为特殊的文本。王得后发现，鲁迅自己编辑出版的《两地书》，其实是有增删的。但那并非私人的甜言蜜语，却多的是人生感叹。顺着其间的蛛丝马迹，我们可以看出两人对读者和社会的态度。在私人文本进入公共空间的时候，什么该保留，什么是要隐藏起来的，取舍之间也体现出他们的为人之道的边界。

某种程度上说，王得后在该书里显示了良好的知人论世的能力，其考据功底和文本解析的能力都很特别。鲁迅与许广平增删后出版的书信集，对于理解语境和时代环境之关系、文坛风云的变幻，都有价值。面对这样的旧迹，小心地梳理，大胆地言说，从心灵生活与爱情轨迹里，看鲁迅之为鲁迅的原因，这是必须做的工作。于是王得后发现了公共语境里的鲁迅的另一面，那些将无数大词套在鲁迅头上的描述，其实是扭曲了时光深处的遗存，并未切中实质。以往的学界对确切的话题用力甚多，没有看到思想者不确切的辞章内在的隐含。在远离公共话语的曲笔里，私人空间的表述亦多繁复之句，认知的方式即便在爱人面前，依然是反本质主义的一种。倘不注意鲁迅内心世界微茫的灵思，只是在社会学话语里理解其意，多是不得要领的。

我们在鲁迅杂文里看到的作者之影，是坚毅与决然的时候居多，但看他与许广平的通信，则感到其犹疑、悲悯和自我否定的情感的浓烈。王得后发现，这是研究鲁迅思想不能不面对的文本，鲁迅许多在文学作品里没有的思想片段在此一一显露。其实他后来写的《把握二十世纪世界思潮的新人》《鲁迅思想的人性问题》诸文，也有他当年细读这些书信时的心得。许多研究者仅仅从公共语境层面去讨论作家的世界，这多少带一点隔膜。

那时候鲁迅手稿还没有被公开，利用鲁迅博物馆的原始资料和鲁迅墨宝，进行细心对校，则会有发现的欣慰，也多有意外的所得。有许多空间没有被研究者注意，时代语境偏离了远去岁月的遗痕。不仅同时代人理解鲁迅不易，后代人要走进他，亦有重重障碍。王得后从众多人的文字中感到了世人对先贤的误读之深，想回到问题的原点，从最为基本的事实出发，考察人的心绪的变化。《＜两地书＞研究》在多方面显示了良好的风范，乃至成为研究鲁迅自我意识的标本之一。这种思考方式有点古代文学研究的特点，从词语梳理开始，寻找其间显在的和潜在的意思。它能以理论的思考观照存在，又将沉睡的资料激活了。

从文本的变化看鲁迅的婚恋心理，推及其精神的内质，是王得后这本著作的特色。经历了早期的婚姻之后，鲁迅对自己一度是悲观的。他在《新青年》杂志发表的那篇《随感录四十》，就深叹无爱婚恋的残酷。当许广平出现在他面前的时候，他开始并没有勇气接受那股巨大的暖流。但在渐渐交流中，他们彼此都感到内心呼应的地方殊多，不久就进入深层的讨论了。王得后在将原始稿件和发表文字对比后，看到了两人情感的微妙变化，那些诚与真的词语，还有着智性的东西。鲁迅处理个人情感的方式，令人肃然的地方殊多。怎样相濡以沫，如何讨论"牺牲"，这些话题都触目可见。"爱情胜利了，爱情克服了因袭的封建传统，推开了封建习俗的压力，使两颗心亲密无间地结合在一起：相依为命，离则两伤。"王得后在前人的文本里，没有嗅到流行的意味，那些书信和旧式读书人的感觉也是有别的。他既看到了鲁迅的敏感，也指出那含蓄、委婉、朴素的风格的价值，"好用欲亲反疏的曲笔"，多了表述的趣味。这些需要慢慢品味才能感受到。在家庭问题上，鲁迅被新旧道德缠绕，妥协的一面也是有的。我们由其有限性出发，而非从圣人的角度阐释对象世界，所得的结论自然也是不同的。

在鲁迅那里，个人情感是与社会形态与历史形态交织在一起的。这让我们想起亚里士多德的一个观点：人是社会的动物，一旦被剥夺了政治权利，生命便退到动物的层面。古今社会，大约都是如此。所以，鲁迅在讨论最基本的生活问题与情感问题时，背后都有长长的影子，历史的痕迹与时代的印记都可在此找到。在较为私人化的空间里，他对社会问题的描述反而更为真切，我们由此也可以感到那精神的深邃。在编辑《两地书》的时候，鲁迅也意识到自己所说的东西，未尝不是在文学作品里要表达的部分，只是倾听的对象有别罢了。我们翻阅他给许广平的诸多信件，就可以发现其内心最为柔弱的部分。这也可以解释，其杂文激烈的地方其实也是最有爱意的表达。所谓"哀其不幸，怒其不争"，就是这个道理。

《两地书》中闪动的思想，当可看成是理解鲁迅作品的一把钥匙，或可以注释鲁迅文本里深藏的思想。鲁迅在《新青年》《语丝》上的文章，对于旧道德的批判，是带着痛感的低吟的，有时候也夹杂着某些"抉心自食"之态。旧式生活造成了无数无爱的婚姻，对女子来说，她们也多是无辜的，而觉醒了的青年要寻自由的路，也常常要付出大的代价。以清教徒式的办法处理这个难题，乃是最大的不幸，人总要有自己的路径才是。我们看鲁迅的一些杂感和小说，每每涉及两性的爱，都拖着长长的历史之影，倘不是因己身之苦的存在，他自然不会有类似的感受。而他在思考伦理与道德的时候，都非从外在概念出发，而是来自自己的一些经验。有时候我们也可感到，他是带着肉身的痛感来面对人间的是非曲直的。当我们从流行的观念把握那些文本的时候，往往走到了对象世界的另一边，反而越发难见其意了。

人的生命之路，关联着思想与存在的诸多难题。鲁迅在自己身上，意识到社会以及历史的复杂，他对于社会的许多看法，是在自我的生命体验里形成的。他自己与他人的关系，与社会的关系，都折射在其中。所以，他在爱情的对话里，没有那些卿卿我我的表达，而多了一种切实而温情的东西。鲁迅书信中透露的是他对生活的极为丰富的认识，在今天阅读，亦幽思诱人。在道德观上，鲁迅认为："道德这事，必须普遍，人人应做，人人能行，又于自他两利，才有存在的价值。"因了这样的基础，后来不论在文明批评还是社会批评中，其精神都是有一种定力的。他看似偏颇的文字，其实有一种大爱精神。王得后一再感叹，在鲁迅的为人之道与为文之道中，人性的美质从来没有消失过，在为私与为公方面，鲁迅有一个本色的东西在延伸着。不过，在环境极为恶劣的时候，鲁迅的精神表达并非像私人对话那么平和，激愤的调子也是有的。用他自己的话说，是"人道主义与个人主义这两种思想的消长起伏"。理解这一点十分重要。在精神放达、飘动的时候，初始的逻辑是不变的。不然，我们可能被文章的表象所惑。优秀的思想家绝不是在流行的模式里陈述人间是非，而是有着深刻的精神内省与奔突的。在词语微妙变化中看到世界观与审美观的原色，是十分重要的。

　　从词语改动中看修辞的策略，是走进鲁迅的办法之一。流传中的鲁迅的样子看似狂狷，而他发表的文章是顾及社会效果的。在他们的第一封信中，许广平的话很锐利，毫不掩饰她对时局与学界的看法，用词也比较生猛。她将教育界佞人说成"猪仔行径"，这句话发表时删掉了，鲁迅以为文字要有分寸，不可过于猛烈。王得后说这是鲁迅"壕堑战"理念的折射，这是对的。第五封信中，原稿"现在固然讲不到黄金世界"后加上"却也已经有许多人们以为是好世界了"。此句改得更有逻辑性，是对麻木于现状的人们的一种批评，后人阅读此处，能够发现鲁迅表达的周密，其现实情怀渗透于纸面。第四十七封信中，原稿"右派"改为"旧派"，"右倾"改为"顽固"，王得后以为，鉴于国民党已经背叛了它自己，词语的含义就不同了。旧文新刊，与环境的对话性也是必要的。第五十七封信提及"研究系"的地方，后来出版时也删掉了，主要是考虑环境有所变化，便以"现代评论派"代之。王得后的解释是："显然是在文网极密的时候为了隐去政治色彩的做法。"这类改动体现了时空变化中的表达位移，也是社会责任的一种表现。其中鲁迅对文明批评与社会批评的热心，依稀可辨。

《两地书》是深入了解鲁迅私人语境的典型文本。鲁迅关爱青年，并不强加什么己见，充分理解青年的心。许广平在第二十封信中说，有同学要介绍自己加入一个政治团体，虽然兴趣有所接近，但害怕自己被过多束缚。鲁迅的回答是："这种团体，一定有范围，尚服从公决的。所以只要自己决定，如要思想自由，特立独行，便不相宜。如能牺牲若干自己的意见，就可以。只有'安那其'是没有规则的，但在中国却有首领，实在希奇。"书稿发表时，这一段被删掉了。而王得后则感到，这里有鲁迅对于政党文化的态度，在二十年代的中国，进步的青年如何选择自己的道路，鲁迅是别有看法的。这些看法在今天看来，不无启示。王得后对于这段话的体味，十分别致，他说：

　　这个答复说明三种情况，颇值得注意。第一，对于许是否参加团体，完全不加干涉，只是提出应该注意之点，供许参考，突出地表现了对许参加社会活动的尊重。这不仅在四十多年前，就是在今天，也是很有启发作用的。这原因就在中国封建社会延续了几千年，专制的思想，干涉、控制他人社会权利的思想特别浓重，甚至可以说几乎成为一种习惯，因此这种尊重别人的权利的民主思想和作风，是很可宝贵的。第二，在是否参加团体这个问题上，鲁迅极重视个人的思想自由，特立独行和团队的服从公决的矛盾。这不仅反映了作为思想家的鲁迅的特点，也可以说还反映了鲁迅的气质。第三，鲁迅对"安那其"即无政府主义的批评，着眼在主义的本质和信奉者是否忠于主义，是否言行一致。鲁迅重视人的特操，重视信徒的真诚度，既看人又看主义，从信仰者和主义的统一上来考察一种主义在中国的传播，这是特具卓识的。

如此解释，可谓一语中的，说到了核心，看出了鲁迅的双关之意和内在矛盾与统一的地方。由此我们可以生发出思想者鲁迅颇为主要的意识，他在杂文中所强调的诚与爱，其实也是做人的标准。联想起鲁迅后来在左翼联盟中的表现，依然如此。多年前在爱人面前的真言，多年后他也始终贯彻。王得后在多年的研究中所获甚多，与他早期精研的体味颇有关系。不从私人语境看公共语境的来源，讨论问题的维度也总是有些不足的吧。

从增删之处看出鲁迅对待自我的态度，也是《＜两地书＞研究》十分注意的地方。信中有一些话，因为涉及许多人际关系，成书时被删掉了。比如在第六十六封信中，鲁迅说："因为我不太冷静，他们的东西一看就生气，所以看不完。"这是他自我批评的话，说明在与他人出现矛盾的时候，他自己也并非不知道自身的一些问题。第七十九封信，谈及"不过因为神经不好，所以容易说愤话"，可见他对于内心的灰暗感是有所警觉的。对比原信与修改的文字后，我们发现界定更为清楚，作者的表述是带有分寸的。

王得后认为这些地方涉及作者的自我解剖，值得注意，这一观点并非没有道理。第一百○四封信提及鲁迅在厦大独来独往的样子，鲁迅一方面认为"旧性似乎并不很改"，一方面还得意自己对于校方的搅乱。可见作者很清楚这种性格带有两面性。鲁迅既释放着忧愤之情，也意识到它具有破坏性。这种悖反的情形，在鲁迅自己看来是一种无奈。作者删去此类文字，也许觉得不要过于炫耀自己也未可知。《两地书》的对话，是深的、真的表露，鲁迅对自己的问题的袒露，也惊人得可爱。在人间的难题里，重要的是寻找克服的方式，其间也有对于自身弱点的剖析。王得后在研究此书的过程中，一再惊讶于鲁迅的坦诚，以至感叹之音飘出：中国古代的许多先贤，何曾这样表述过内心的原态呢？

在《两地书》中，除了有个人感情的表露，还有关于教育、学术、政治文化的多种论述。王得后在梳理其间的观点时，感慨这些论述的精神之深。比如言及大学的教育，鲁迅就认为是适应环境的工具，且与人性的全与美，都有很大的差异，重要的是"要适如其分，发展各各的个性"。但这不过是对理想的憧憬。"我疑心将来的黄金世界里，也会将叛徒处死"。在五四过后，舆论界的复古之风很盛。比如"坚壁清野"主义，就是以"收起来"的方式，防止男女接触，所谓避免有碍风化之事。鲁迅以为殊为可笑。人的个性发展很重要，做好性教育才是解决这类问题的办法之一。如果人人都成了呆相，那是十分可怜的。而他的主张学生要做好事之徒，与流行的教育方式是有别的。鲁迅与许广平间的通信，主要提倡的是个性精神，对于旧文明的攻击不遗余力。他们要在没有绿色的地方犁出春之生机，都是和环境格格不入的。而他们这种突围的方式，都是颇可借鉴的。

应当说，在众多书信里，鲁迅与许广平的书信虽说是十分私密的对话，而从中折射的社会性的话题，却是那么丰富。王得后的许多论述，都是由近及远，从私到公，深深浸在那博大的世界间。他对于鲁迅"心灵深处的政治意识"的把握，让人产生颇多感慨，这是进入先生世界的重要入口。因为那时候很多人都在教育界，涉及学界的当然很多。从大量对话中，我们可以看到鲁迅与学界之关系，他对于"研究系""现代评论派"都有警惕，批判的语气是重的。在北师大风潮中，国民党与"研究系"之间的斗争是激烈的，知识人在那时候不可能没有自己的立场。但后来国民党在1927年立场发生变化，鲁迅与许广平受到的冲击亦可想而知。从他们的交流中，我们可以看到，鲁迅是曾希望革命党人开拓一个新天地的，所以对于守旧的"研究系"颇多反感。而那时候的知识人，倘有良知，不能没有自己的现实态度。所以鲁迅说："现在我最恨什么'学者只讲学问，不问派别'这些话。"顾颉刚虽然声称不谈政治，但看他与胡适的通信，也不无趋时之言。胡适不是想专心著述么，但他后来的文章，与政治纠葛也是深的。所以，王得后敏锐地指出：

> 鲁迅与顾颉刚交恶，在《两地书》中，在致章川岛信中，在有些篇杂文中，都十分清楚。有人以为这是个人间事，其实，通信中写得很明白，根本上还在政治上的对立。也许这正如顾颉

刚先生所说是误会，但在鲁迅看来，确因为他认为顾颉刚曾经是"研究系学者"，"顾之反对民党，早已显然"。所以鲁迅在中山大学时说"鼻来我走"，也决不仅仅是个人间的交恶所致，也是有其政治原因的。听说，有人认为鲁迅辞中山大学职，也纯粹是因为顾颉刚到了中山大学的原因，与政治无关，与"四一五"大屠杀更无关。怕未必如此。

这个观点就跳出了个人恩怨的语境，看到的是一个大境界里的鲁迅的形象。在阅读这些旧的文字时，读者会感到那时候的个人环境和社会环境，以及党争中知识人的多种面孔。鲁迅是在困境里透视身边的一切，由自我生命选择，推及社会变革，思考未来民族的走向。王得后认为，我们由此可以看出鲁迅精神基点的核心问题，那就是改变中国人的精神是救国的"第一要著"，其路径是"在改造旧中国的过程中改造人"。这就涉及许多领域的话题，也能够发现人类社会变化的内在动力，革命、教育、艺术就是在一种动力中发生的。明乎此，我们就能知道鲁迅何以选择为人生的文学之路，并在后来成为左联的一员，并明白他为什么不妥协地与各种新旧势力作斗争。我以为《＜两地书＞研究》的意义，就是找到了鲁迅精神的源头，看到了鲁迅思想的发生的逻辑过程。阅读王得后先生的著作，我们会发现，鲁迅思想最为难解的部分，在此豁然冰释了。

许多研究鲁迅的书，时过境迁之后，已经无人问津了，因为那些表述与鲁迅有着很远的距离。但像《＜两地书＞研究》这样的专著，却经受住了时间的考验。这里不仅仅牵扯到方法论的问题，也牵涉研究者的精神深度的问题。王得后是带着自己的这代人的疑问走进鲁迅的，他要疗救的也有自己的痼疾。这个过程也涉及社会的改造等诸类话题，他对每个细节的追问都非空泛之思，先贤的遗产被一点点凝视着，他的一些心得也可视为对《鲁迅全集》的注释。我一向认为，研究历史与个人，远远地静观是很不够的，我们需要的是对生命内觉的拷问和对周围世界的考索。王得后走的就是这样一条道路。《＜两地书＞研究》无疑是鲁迅研究史上的不可忽略之作，其精神散出的热力，是一代人内觉的闪烁，它启示着诸多寻路的青年回到自身，在内面世界与外面世界之间搭起通往自由天地的桥梁。

2023年3月1日

在先贤的遗风里

从先贤的行迹中寻找往日遗风，对于今人来说，是一次补课。我们因为日常不易见到诗文中的至人，以古视今就有了另外的隐含。其实我们要走进前人的世界并不容易，望文生义总还是不行。前些年流行知识考古学概念，献身于此的人，渐渐多了起来。在知识考古学之外，还有知识审美化的写作，这是过去文章家常有的笔法。今人受此影响，寄意于远方，凝思于现在，笔端就聚集了些许天地之气。

如果一个人因了一个研究对象而改变了自己的读写习惯，那么他是有信仰的。读了姜异新《别样的鲁迅》，我就觉得作者属于此境中人。我认识作者已经快二十年了，她最初是我在鲁迅博物馆的同事，我知道她除了做学术研究，还写点散文，是个很有文学感觉的青年。后来我到大学工作，与她联系渐少，有时在一些学术会议上见到她，发现她已经在文字世界耕耘很深。我每年都能看到她的文章，除了有关鲁迅研究方面的，涉猎文学领域的作品也逐渐多了起来。从内容看，她的文章许多都是旧绪转新，往日的陈迹被一种陌生化的笔触翻动，知识的审美化与审美的知识化，呈现的图景渐新渐广，在远近之间、虚实之中，画面里的景色也不断变化着。

　　鲁迅博物馆有一个风气，研究室的人一般都不在时风里，几代人都看重史料，写的是扎实的文字。他们有时接近民国文脉，本于心性，文章里有一点性情在。新一代的许多人，也在这条路径上，笔墨不涉虚言，写的是有自己特点的文章。有时有的人也不乏性灵的晃动，穿梭于时空深处，率性而来，尽兴而去。他们的所历所感，都可驻足回味。我有时候想，做脱俗学问的，写有趣文章的，大约都是些会放逐自我的学者。在因为外在动力而写作的人越来越多的时候，还能够坚持为心灵而泼墨为文的人，是有一点"热风吹雨"的味道的。

　　曹聚仁当年的随笔，每每提及民国知识人，像是学术史里的画面，其辞章受到了周氏兄弟的影响。《别样的鲁迅》好像也染有此调，在文脉上袭有驳杂之意。她以鲁迅为主要对象，串联起学问与诗的文本，透出博物馆人的厚重之气。书稿里的文字所指，一气读下来，像看了一次展览，画面里满是新奇之意。作者多年的心得，于此一一陈列出来。她要谈的鲁迅，不是课文里的那个样子，也非宣传里的单面孔，而是遗物和影响力所呈现的有温度的形象。鲁迅的许多遗物，今人知之甚少，藏书目录尚未公开，手稿研究还刚刚起步。那些全集之外的什物，值得我们深深打量，常给我们意外之喜。

　　人们对于历史人物的描述，一直存有争议。一般说来有两种

在先贤的遗风里

类型，一种是史的方式，一种乃诗的感受角度。学院派的文章和作家的随笔，在尝试中有各类成败的经验。若是介于两者之间，不是从概念出发，而是捕捉文字背后的隐秘，以审美的角度、冷静的态度激活话题，精神的延伸可能更长。聪明的作者讲述过往的生活，多从细节入手，有时以考据的口吻，还原出旧岁的片段。于是，文本生成的原因和历史变动之迹，就活了起来。

我曾经从林辰先生的文章里，得知鲁迅在整理国故方面所下的暗功夫的来龙去脉。我也知道林先生有许多未尽之意。现在有一些青年沿着前辈学者的探讨继续前行，带给我们的新的感受依然不少。过去我们谈到鲁迅抄碑、搜集出土文献，常将这些视为鲁迅的业余趣味。但细心考察其在教育部时期的活动，姜异新觉得，周树人时期的文化活动，其意义不亚于以鲁迅为名的文学创作，这些活动是鲁迅文学生涯外的另一道风景。这说明鲁迅在整理国故与译介域外文章时，已经有了再造文化的冲动。鲁迅在自己的文字里不太记载日常工作细节，这些细节需要后人从其藏品、他人回忆录、旧的报刊中寻找蛛丝马迹。重新整理诸多遗物，博物馆的前辈已经做了许多工作，现在需要的是审视的眼光，去掉蒙在旧岁中的灰尘，看到曾存活过的边边角角。一旦有人愿沉浸其间，他便会乐而忘返。鲁迅怎样造访琉璃厂，如何抄录古籍，怎样在北大授课，诸多情形便联翩而至。只有进入这种情景，活的鲁迅才在我们面前出现了。我们由此也理解了民国知识人那时候何以如此迷恋这位矮个子的作家。

我有时觉得，逝者离我们愈远，沉入时光深处的影子就愈不易捕捉。描述前人，有一个纵向的轴线，也有一个横向的轴线。前者是古今问题，博物馆的人向来是注意这一点的。近年出版的《鲁迅藏拓本全集》《鲁迅手稿全集》等，都是可观的实绩。后者则属于中外交流话题，鲁迅的翻译活动，留下的遗产至今尚未被厘清。姜异新与陈漱渝曾编过一本《他山之石——鲁迅读过的百来篇外国作品》，此书涉及鲁迅的知识结构，其勾勒出的鲁迅阅读的外文书目，让人惊异于先生读书之多。这个时候我们会感受到什么是精神博大。编者在梳理的过程中，其内心也自然被一次次洗刷着，笔法也无意中染上异样的调子。许多研究鲁迅的人都是散文家，我想这大概是被鲁迅驳杂的知识与趣味熏染的结果。

确实，鲁夫子是另类的作家。我们读他的书，常见到他使用"别样的""越轨的""眶外的""异样的"等字样，我想，这或许是一种下意识的表述，其精神深处就有这种别人没有的叛逆意识。这是鲁迅的刚烈性。他的许多作品，都有点反雅化的样子，不以常理为之，但在隐曲之中，有美意于斯。即便那些被誉为匕首投枪的杂文，看似金刚怒目，也有文气的流转。还有一种，体现了其柔软的一面。我们看他与青年作家通信，向母亲问候，都表现得温和得很。《别样的鲁迅》收有一个短剧《宫门口周宅的一个春夜》，描述了周家的生活，就显得很温馨，鲁迅与母亲、朱安、许羡苏的一段对话，道出了周宅颇有暖意的一面。鲁迅给母亲带来的张恨水《春明外史》，让母亲大喜，顺便说起曙天女士捎来的《呐喊》，像《阿Q正传》的故事，颇为熟悉，她觉得小说不该这样写吧。鲁迅听后笑得烟卷都要从手上掉下来，场景很是有趣。

这样的表现，是有创意的，思想、学问、诗意都含在文本里。我记得端木蕻良写《曹雪芹》那本书，就在漫笔里藏着学问，在古朴中流动着远世之风。漂游于审美王国，有时真的是宠辱皆忘，犹入圣界。

由鲁迅而能够瞭望到许多风景，这是百年来少有的现象。鲁迅涉及的日本文化史自不必说，从所涉东欧与北欧的作家来看，可写的都有许多。有一年我造访圣彼得堡，在涅瓦河边忽想起鲁迅谈过的几个作家，不禁长叹不已。在陀思妥耶夫斯基故居前，我忆及鲁迅对于他的描述，感到了那灵魂的伟大。大凡优秀的思想者，彼此之间是不隔膜的。五四那代人，给我们带来了诸多思想与艺术的遗产，我们对这些都还觉得新鲜。姜异新在写到自己去匈牙利寻觅周氏兄弟译介的作家的行迹时，也流露出这样的感觉。那篇《遥望匈牙利海——约卡伊·莫尔故居访问记》，写得苍茫辽阔，心绪广远。因鲁迅而与广大的世界结缘，是一种幸运。虽然我们这些后来者还未必追得上前人，我们对一些遗存还深觉模糊，但瞭望它的时候，心是明的。沿着先生的精神轨迹走，我们才知道吾辈要捕捉的旧绪，还有很多很多。

2022年8月11日于大连

海上风格

李浩先生来信说，《上海鲁迅研究》已经出版一百期了，我不禁感到时光之快。于是便想，这本研究鲁迅的杂志，也成了被研究的对象。"鲁迅学"分解出了许多新的精神之图，本身具有值得深思的遗产。我想起读过的一套有关杜甫研究的资料，其中也是趣味横生的。新文学诸人中，大约只有鲁迅身后的投影，才如此之长，从研究史看学术思想的演进，在今天已经有许多人注意到了。

1996年，我第一次去上海鲁迅纪念馆时，曾好奇于它的样子。它处于公园的深处，与北京的博物馆肃穆的外表不同，显得亲切与随和。其建筑也是现代的，形状里揉进江南房屋的味道。这种风格大概与海派的理念大有关系，不属于孤立地凸显什么，而是将主题纳入都市的风景里。我看了那时的展览，展览也非面面俱到，而是重点突出鲁迅晚年的活动，带出三十年代文坛遗闻轶事，让人好似看到了一幅驳杂的文学地图。

多年来，我不断收到《上海鲁迅研究》杂志，对纪念馆的这本刊物的内容颇为喜欢，不仅其馆藏信息令我新奇，其相关的研究也让我觉得很有特点。上海馆是国内最早诞生的鲁迅纪念机构，所以积累的经验也多。杂志早期的顾问，都是很有风骨的人，如丁景唐、许杰、赵家璧、夏征农等都有一种气象在。后来的顾问陈漱渝、陈子善等也是影响很大的学人。纪念馆的学者成果也不俗，前一代人我见得不多，我接触最多的是王锡荣、李浩、乔丽华等，他们都有不错的文章行世。在这些人带动下，纪念馆的研究一直十分活跃，近年来一些新人的涌现，使杂志的分量越发让人刮目了。

鲁迅最后的十年是在上海度过的，他留下了珍贵的遗迹。虽然其藏书与手稿多移交到了北京鲁迅博物馆，但上海馆依然保存了大量的遗稿和相关藏品。许多年来，纪念馆的人从这些文献出发，发掘了更多的相关资料，对晚年鲁迅的活动与创作，有细致的整理和探索。在多年的工作中，他们形成了与北京鲁迅博物馆不同的风格，除了经典文本的研究，还从同时代人的行迹中寻找思想与审美的旧迹，尤其在一些细节的问题上，孜孜以求，偶有发现，又不过于炫耀，朴朴实实的文笔，映现的也是远离浮华的学问。

钱理群先生说，最理想的境界是想大问题、做小文章，这是他的追求。在我看来，此语移用到《上海鲁迅研究》这本杂志，也是合适的。这个园地给我的印象是，很少刊发宏大叙述的文章，也没有让学院派成为主导。刊发的那些有关具体现象和具体人物的介绍与勾勒，读起来是让人轻松的，但背后的隐含所指，则非浅薄之音。我记得该杂志提供了许多关于左联一些人物与图书的线索，许多有心的研究者，在枝枝叶叶间，看到了一些前人的微史。读者由字里行间，嗅出旧岁的滋味。纪念馆召开的相关的会议，也加深了人们对瞿秋白、柔石、叶紫、丁玲、萧红的认识。比如鲁迅与一八艺社的关系，有许多未解之谜，但阅读那些关于李桦、罗清桢、曹白的描述性文字，有关木刻艺术传播的深层渠道，我们也清晰了大半。该杂志不仅关注革命的作家，对于那些色彩模糊的知识人，也有不少推进性的研究。比如曹聚仁曾是学界批判的人物，但后来，上海的朋友出版了关于曹聚仁研究的论文集，该杂志也有所显示。对于左翼之外的人的关注，也是推动鲁迅研究不能忽略的。不在一个丰富的生态里讨论鲁迅，大约是有问题的。

小文章看似无关宏旨，其实也有大的作用。我喜欢阅读纪念馆朋友编辑的关于纠错的短文，这些短文有的是对《鲁迅全集》注释的求疵，有的则是与同行商榷，对于我们认识现代文学风潮，是有帮助的。我曾经读过裘世雄先生关于绍兴周宅的考据文章，感到其扎实而深切，对于了解浙东风气，很有益处。再比如鲁迅与日本人之关系，上海的朋友作了许多实地调查，又东渡日本采访相关人物，他们所写的文章澄清了一些传闻，将史实搞清了。印象深的是上海馆曾组织会议，邀请专家解读鲁迅胸部X光片，将先生的病情与日本医生作了说明，把鲁迅之死的原因搞清楚了大半。这是基础性的工作，实证的眼光十分难得。现在要研究那段历史，不得不参考当年的许多成果。

曾经有一段时间，国内几家鲁迅博物馆、纪念馆搞了一个联席工作会，每年在北京、上海、绍兴、厦门、广州轮流举办。我发现，上海的朋友很会经营自己的业务，因为藏品不及北京馆多，他们就扩大了工作范围，成立了"朝华文库"，收集了赵家璧、楼适夷、黄源、曹聚仁、吴朗西、李霁野等人的手稿和书籍，相继出版了十余本纪念集。这些纪念集，都以材料取胜，涉及的话题十分广泛。记得《钱君匋纪念集》上面是许多有趣的短文，由一个图书设计大家的生平与业绩，看鲁迅与艺术之关系。我也由此清楚了不少艺术问题，在这种活的形态里去认识现代文学生长的背景，也不无益处。钱君匋不仅为鲁迅翻译的《死魂灵》作了封面设计，叶圣陶、郑振铎、唐弢等人的图书装帧，也是他完成的。钱先生还是收藏大家，我在桐乡一个博物馆里看到过他的收藏品，十分丰富，其图章、书法亦赏心悦目。经由他来看那段时光里的人与事，所得也是很难忘却的。

我做鲁迅博物馆负责人的时候，也曾想学习上海朋友的方式，扩展收藏内容，可惜因为条件限制，只建立了"胡风文库"和"林辰藏书库"。鲁迅生前好友与鲁迅博物馆关系密切，但我们错过了机会，并没有留住冯雪峰、萧军、唐弢等一大批人的藏品，所以研究也局限于几个重点方面。北京人注重厚重和突出中心，上海方面则四面开花，但万变不离其宗，这是各自的风格。就两家所办杂志而言，《鲁迅研究月刊》的文章学理性的东西略多，《上海鲁迅研究》则注重考据和资料整理，其介绍海派文化的短章生动活泼。给上海这家刊物写文章，不必正襟危坐，言之有物即可。我们看王观泉、陈子善、陈福康等人的文章，材料是扎实的，又敢亮出自己的思想，是有通透之气的。读他们的文字，我觉得是保持了上海的文脉的。其实上溯许多年，老一代学者金性尧、钱谷融的写作，也都有文章本色，呼应了京派风气。现在学院派的写作者，大多不会如此作文了。

上海毕竟是上海，它灵动与鲜活，富有现代感与南国的温润感，能涌出一湾春水。描绘此间的人与事，都不能简单为之。施蛰存是小说家、翻译家，他与鲁迅的纠葛，是很多人都知道的。过去把他划为海派作家，固然也有道理，但他的那些学术随笔却是京派风格的。也因为他被鲁迅讥讽过，人们普遍觉得他思想偏右，但我们看他《关于鲁迅的一些回忆》《我和现代书局》，便能觉出其身份的复杂和思想的闪挪。他本来也有左倾的一面，曾参与了"马克思主义文艺论丛"的编辑工作，鲁迅的那篇《为了忘却的记念》也是经过他的手发表在《现代》杂志上的。现在讲文学史，就不会像过去那么简单化地对待这位学者了。沪上还有几位学者的文章甚好。唐弢当年所写的读书笔记，黄裳关于现代作家的印象记，都生动传神。这些人的遗风，也传染给了陈子善、张伟、郜元宝、张新颖、周立民等人。仅仅用海派定义他们，似乎也不得要领。

我一直觉得，上海这个地方，因为有了鲁迅、张爱玲、巴金这样的作家在，风景就完全不同了。而研究他们的人，也多少在文体上受到了一点影响。沪上学人与编辑，思想开放的多，不满足于洋场的情调，眼睛是向四面瞭望的。据唐弢说，四十年代出版的《新诗歌》，曾刊登了不少民族的谣曲，对于民俗是颇多感觉的。而黄浦江旁几位藏书家的藏书票爱好，能让人看出中外艺术的杂趣，尤其是西方版画的引介，说来都是佳话。《上海鲁迅研究》对类似话题的介绍，尤为用力，一些资料，显得十分难得。域外小说，西方电影，左翼戏剧，还有工人运动，都是我们认识鲁迅离不开的背景。我有时候想，对于旧岁深处的遗存，是可以有不同的审视方式的。上海知识人善于实验，自然也有创新。看《上海鲁迅研究》，是冷冷水泥堆积的高楼间清新绿地带来的安宁风景。这不妨说是海上风格，轻松、现代而又缜密的表达，正是南中国精神的延续。

2023年7月13日

后 记

　　我因为生病，于六年前搬到京城北五环外居住。其间也经历了三年疫情，除了偶去学校授课外，几乎与世隔绝。过去生活在离长安街近的地方，显得热闹，时间久了，自然有点不接地气。郊区则是另一种生活，能见到各式各样的小区，科技园，试验田，以及长满花草的野径，时空有点不同。我每天与老伴在空旷的地方散步，忽地发现，自己找到了少时在乡下的感觉。

　　人渐进老年，又大病在身的时候，会有紧迫之感，因为剩余的时间有限，于是想还有什么工作要做，以免留下遗憾。但我是不太会自我设计的，宏大的计划不是没有想过，只是无力去实行。于是便只能做一点小事，写点报刊随笔。这些都是大学教授们不太热心的小道，因为浅尝辄止，不属于学术高论。但对于我而言，这是自己最方便去做的工作，一是可以了解不断变化的他人的世界，二是可以在对话里想一点未曾想过的人与事。过去有一种文类叫书话，我觉得自己的文章就属于此。不过我所写的，多不是阅读古书的心得，也无秘籍的感受，多是近百年文坛与学界现象的评述，其分量连自己也觉得是轻的。

关心文学上的故旧，不能不留心民国以来报刊上的文章，那里总有一些意外的文本在。这些年，有关这方面的研究文字，已多了起来。人们如此热心回望前人，说不定也是有寄托在的。我将这些视为叩门者的劳作。现在研究历史和文学的，有学院派的，有非象牙塔的。前者的文章有系统性，后者则往往不正襟危坐，偶有意外的眼光，给我们带来不少惊喜。写作不是占有什么，让自己以为掌握了真理，而是克服什么，让自己知道自己的限度在哪里。这也有一个初心问题，在诱惑多的环境里，有人会遗失它，而每每看到那些得之于野的精神体验，就知道许多流行的写作，是不足为道的。

克尔凯郭尔是我喜欢的一个思想家，他在《论反讽概念：以苏格拉底为主线》一书中，不断探讨苏格拉底的隐喻。我有时想，作为丹麦人，他何以不断纠缠远方的古希腊，而漠视身边的历史。后来我明白，这实在是因他身边的思想过于轻飘了，于是经典的存在才有了永恒的意义。苏格拉底之所以可爱，是因为他一再强调自己的无知，克尔凯郭尔发现，其思想中一个重要点是把理念视为一种界限。他说："他对万物的根基，对永恒的、神圣的东西一无所知，这也就是说，他知道这个东西存在，但不知道它究竟是什么，它在他的意识中，但它又不在他的意识中，因为他就此能够作出的唯一的判断是他对此一无所知。"这其实也解释了人何以要思考与写作，因为这是一次次叩门的过程，因为要知道那个未知的世界，写作也就是不断解惑又面临新惑的过程。

这些年偶作一点文学史料的整理，越来越感到材料的使用当谨小慎微。没有系统看一个人的作品和资料，是不能轻易断言什么的。在大量的文献里，有被遮蔽的东西，需细心辨认才知道过往的生活是怎么过来的。我过去写文章介绍英国画家比亚兹莱，依据的仅是几个人的转述，显然是不见全貌的。后来看陈子善编的《比亚兹莱在中国》一书，才对这位画家在东方的传播清楚起来。陈子善不愧是史料大家，他凭着自己敏锐的目光，发现了现代作家与这位画家的精神互动。此书的编辑经过十五年的时间，断断续续间，陈子善发现了许多珍贵的文章。除鲁迅外，郁达夫、田汉、徐志摩、邵洵美、叶灵凤、梁实秋、李欧梵都列于其间。陈子善梳理的这位画家的传播史，线索清楚，给我不少的启示。我过去仅仅从鲁迅编的《艺苑朝华》第四集《比亚兹莱画选》，了解相关的内容，这显然是不够的。不同流派的人对同一画家如此热心，这对我是个不小的触动，左翼战士与布尔乔亚的学者在审美上的交叉，当能引出新的话题。这个题目做起来，没有相当的审美力和认知力，大概是不行的。

所以，做研究的人有时候是要有基本功的训练的。这就得耐得住寂寞，不凑到热闹的地方去。不久前去世的藏书家、书话家姜德明先生，就是一个甘于寂寞的人。他藏书丰富，却很低调，其晚年从不写那些应酬之文，对于文学史上沉落的人与事，有许多打量。他编过副刊，也编过图书，做事认认真真。我曾经邀请他参加一个私人藏书展，他拒绝了，说主要是怕卷入市场拍卖的风潮中，这与他自己的愿望不符。我看他是喜欢静静做事的人，这一点大概是受到孙犁的影响。他们都潜心读书，在书海里寻寻觅觅，文章并不多，而质量是好的。历史上能留下来的，往往是这样的人的文字。

前几天带学生参观我过去工作过的鲁迅博物馆，在院内旧书店翻翻各式各样的书，发现三十多年前的一些研究著作，再版的很少，许多过去读过的书，已经不太容易看到了。问了问工作人员，才知道读者不太碰教授与博士们的大作，而他们感兴趣者，多是扎实、率性、直指内心的文字。《新青年》、《语丝》周刊和《莽原》周刊等，还是有人读。我离开博物馆十五年，许多同事都退下来了，新人多不熟悉。书店的窗外，参观者们来来往往，院里有几排银杏树，枝繁叶茂，颜色与形体都很美。这是二十余年前栽下的，如今已经颇为茂盛。于是叹道，天底下最公正的是时间。在流水般的日光下，人影无不一一消失，唯有那些无名的树，留下旧岁的印记。在短短的人生里，不该敷衍塞责，虚度时光，应做一点利他也利己的工作。走人稀的野径，写热心的文章，如此下来，离天地之气是近的。虽然有时候不能如此，但有神往的目标在，也是好的。

感谢夏春锦和罗人智对于本书出版的帮助。世间的友情，有时候其淡如水，点点滴滴间，未尝不能润出新绿，我们的心，也由此不会荒芜。

2024年5月13日于北京城北